Delito por bailar el chachachá

G. Cabrera Infante

Delito por bailar
el chachachá

ALFAGUARA

© 1995, Guillermo Cabrera Infante
© De esta edición:
  1995, Santillana, S. A.
  Juan Bravo, 38. 28006 Madrid
  Teléfono (91) 322 47 00
  Telefax   (91) 322 47 71

• Aguilar, Altea, Taurus, Alfaguara S. A.
Beazley 3860. 1437 Buenos Aires
• Aguilar, Altea, Taurus, Alfaguara S. A. de C. V.
Avda. Universidad, 767, Col. del Valle,
México, D.F. C. P. 03100

ISBN: 84-204-8156-4
Depósito legal: M. 9.271-1995
Diseño:
Proyecto de Enric Satué
© Ilustración de la cubierta:
  Los días se pasan suave y dulcemente
  y a veces hay una brisa por las tardes.
  Óleo. José Miguel Rodríguez, 1987.

A Miriam múltiple

No hay arte sin etiqueta y la etiqueta ahora es minimalista. Pero no se trata del minimalismo literario sino del minimalismo musical: esa música repetitiva a la que da sentido (pero no dirección) su infinita repetición que es una fascinación. Este minimalismo es musicalmente un *ostinato*. O sea, la repetición de una serie aparentemente inconclusa de sonidos idénticos que parecen diversos porque la memoria musical olvida. Son sonoridades encantatorias.

La literatura repetitiva trata de resolver la contradicción entre progresión y regresión al repetir la narración más de una vez. Se trata de un juego de narraciones que quiere superar la contradicción entre realidad y ficción. Los fragmentos son autónomos y de igual valor, pero el autor se reserva el derecho de ejercer un cierto determinismo narrativo. Las cosas no son, suceden, pero en literatura autoridad viene de autor.

Debo mencionar aquí a Frank Domínguez, compositor de boleros, tal vez el músico popular cubano más sofisticado de los años cincuenta. Pero en el bolero profundo la soledad es sólo una dudosa compañía. Así el sentimiento mayor que producen los boleros no es el amor sino el amor al recuerdo del amor, la nostalgia.

Los tres cuentos de este libro están hechos de recuerdos. Dos ocurren en el apogeo del bolero, el tercero después de la caída en el abismo histórico. El tiempo es por supuesto diverso, pero el espacio, la geografía (o si se quiere, la topografía: todos los caminos conducen al amor) es la misma. Los personajes son intercambiables, pero en el tercer cuento el hombre es más decisivo que la mujer en la única narración en primera persona, que no lo parece. A pesar de que sus reflexiones —mirándose vivir en un espejo dialéctico— son todas literarias o referidas a un solo libro. La ciudad es siempre la misma.

¿Tengo que decir que se llama La Habana?

Londres, enero de 1993

Índice

En el gran ecbó

LLOVÍA. La lluvia caía con estrépito por entre las columnas viejas y carcomidas. Estaban sentados y él miraba al mantel.

—¿Qué van a comer? —preguntó el camarero.

«Menos mal que no dijo: ¿Qué vas a comer?», pensó él. «Debe ser por el plural.» Le preguntó a ella:

—¿Qué quieres?

Ella levantó los ojos del menú. En las tapas del cartón oscuro se leía «La Maravilla». Sus ojos parecían más claros ahora con la luz nevada que venía del parque y de la lluvia. «La luz universal de Leonardo», pensó él. Oyó que ella hablaba con el camarero.

—¿Y usted? —el camarero hablaba con él. «¡Ah! ¿De manera que también en el singular? Bien educado el hombre.»

—Algo simple. ¿Hay carne?

—No. Es viernes.

«Estos católicos. Gente de almanaque y prohibiciones.»

Lo pensó un momento.

—¿No hay dispensa? —preguntó.

—¿Cómo dijo? —preguntó el camarero.

—Me va a traer costillas de cordero. Grillé. Y puré de papas. ¡Ah!, y una malta.

—¿Usted va a tomar algo, señorita?

«¿Y por qué tan seguro?»

Ella dijo que cerveza. «Toda una mujer.»

Mientras traían el almuerzo la miró. Ahora le parecía otra mujer. Ella levantó los ojos del mantel y lo miró:

«Siempre desafiante», pensó él. «¿Por qué no tienes cara de vencida hoy? Debías tenerla.»

—¿En qué piensas? —preguntó ella y su voz sonó curiosamente dulce, tranquila.

«Si tú supieras.» Dijo:

—En nada.

—¿Me estudiabas? —preguntó ella.

—No. Te miraba los ojos.

—*Ojos de cristiana en una cara judía* —citó ella.

Él sonrió. Estaba ligeramente aburrido.

—¿Cuándo crees que escampe? —preguntó ella.

—No sé —dijo él—. Posiblemente dentro de un año. Tal vez dentro de un momento. Nunca se sabe en Cuba.

Él hablaba siempre así: como si acabara de llegar de un largo viaje al extranjero, como si estuviera de visita, fuera un turista o se hubiera criado afuera. En realidad nunca había salido de Cuba.

—¿Crees que podremos ir a Guanabacoa?

—Sí. Ir sí. Aunque no sé si habrá algo. Llueve mucho.

—Sí. Llueve mucho.

Dejaron de hablar. Él miraba al parque más allá de las columnas heridas, por sobre la calle que aún conservaba los adoquines y la vieja iglesia tapiada por las trepadoras: al parque de árboles flacos y escasos.

Sintió que ella lo miraba.

—¿En qué piensas? Recuerda que juramos que siempre nos íbamos a decir la verdad.

—No, si te lo iba a decir de todas maneras.

Se detuvo. Se mordió los labios primero y luego abrió desmesuradamente la boca, como si fuera a pronunciar palabras más grandes que su boca. Siempre hacía ese gesto. Él le había advertido que no lo hiciera, que no era bueno para una actriz.

—Pensaba —la oyó y se preguntó si ella había comenzado a hablar ahora o hacía un rato— que no sé por qué te quiero. Eres exactamente el tipo de hombre contrario al que yo soñé, y, sin embargo, te miro y siento que te quiero. Y me gustas.

—Gracias —dijo él.

—¡Oh! —dijo ella, molesta. Volvió a mirar al mantel, a sus manos, a las uñas sin pintura. Ella era alta y esbelta, y con el vestido que llevaba ahora, con su largo escote cuadrado, lu-

cía hermosa. Sus pechos en realidad eran pequeños, pero la forma de su tórax combado la hacía
aparecer como si tuviera un busto grande. Llevaba un largo collar de perlas de fantasía y se
peinaba el cabello en un moño alto. Tenía los labios parejos y carnosos y muy rosados. Tampoco
usaba maquillaje, excepto quizás una sombra
negra en los ojos, que los hacía más grandes y
más claros. Ahora estaba disgustada. No volvió
a hablar hasta que terminaron de comer.

—No escampa.

—No —dijo él.

—¿Algo más? —dijo el camarero.

Él la miró.

—No, gracias —dijo ella.

—Yo quiero café y un tabaco.

—Bien —dijo el camarero.

—Ah, y la cuenta, por favor.

—Sí, señor.

—¿Vas a fumar?

—Sí —dijo él. Ella detestaba el tabaco.

—Lo haces a propósito.

—No, sabes que no. Lo hago porque
me gusta.

—No es bueno hacer todo lo que a uno
le gusta.

—A veces, sí.

—Y a veces, no.

La miró y sonrió. Ella no sonrió.

—Ahora me pesa —dijo ella.

—¿Por qué?

—¿Cómo que por qué? Porque me pesa. ¿Tú crees que todo es tan fácil?

—No —dijo él—. Al contrario, todo es difícil. Hablo en serio. La vida es un trabajo difícil.

—Vivir es difícil —dijo ella. Sabía por dónde venía. Había vuelto a lo mismo. Al principio no hablaba más que de la muerte, todo el día, siempre. Luego él la había hecho olvidar la idea de la muerte. Pero desde ayer, desde anoche exactamente, ella había vuelto a hablar de la muerte. No era que a él le molestase como tema, pero no le interesaba más que como tema literario y, aunque pensaba mucho en la muerte, no le gustaba hablar de ella. Sobre todo con ella.

—Lo que es fácil es morir —dijo ella, finalmente. «Ah, ya llegó», pensó él, y miró a la calle. Todavía llovía. «Igual que en *Rashomon*», pensó. «Sólo hace falta que aparezca un viejo japonés diciendo: No lo comprendo, no lo comprendo...»

—No lo comprendo —terminó diciendo en voz alta.

—¿Qué cosa? —preguntó ella—. ¿Que no le temo a la muerte? Siempre te lo he dicho.

Sonrió.

—Te pareces a la Mona Lisa —dijo ella—. Siempre sonriendo.

Miró sus ojos, su boca, el nacimiento de sus senos y —recordó. Le gustaba recordar. Recordar era lo mejor de todo. A veces creía que no le interesaban las cosas más que para poder recordarlas luego. Como esto: este momento exactamente: sus ojos, las largas pestañas, el color amarillo de aceite de sus ojos, la luz reflejada en el mantel que tocaba su cara, sus ojos, sus labios: las palabras que salían de ellos, el tono, el sonido bajo y acariciante de su voz, sus dientes, la lengua que a veces llegaba hasta el borde de la boca y se retiraba rápida: el murmullo de la lluvia, el tintineo de las copas, de los platos, de los cubiertos, una música distante, irreconocible, que llegaba de ninguna parte: el humo del tabaco: el aire húmedo y fresco que venía del parque: le apasionaba la idea de saber cómo recordaría exactamente este momento.

Había terminado. Todo estaba allí. Como estaba todo lo de anoche.

—Nos vamos —dijo.

—Todavía llueve —dijo ella.

—Va a llover toda la tarde. Ya son las tres. Además el carro está ahí mismo.

Corrieron hasta el auto y entraron. Él sintió que le sofocaba la atmósfera dentro del pequeño automóvil. Se ubicó con cuidado y encendió el motor.

Pasaron y quedaron detrás las estrechas, torcidas calles de La Habana Vieja, las casas viejas y hermosas, algunas destruidas y convertidas en solares vacíos y asfaltados para parqueo, los balcones de complicada labor de hierro, el enorme, sólido y hermoso edificio de la aduana, el Muelle de Luz y la Alameda de Paula, hecha un pastiche implacable, y la iglesia de Paula, con su aspecto de templo romántico a medio hacer y los trozos de muralla y el árbol que crecía sobre uno de ellos y Tallapiedra y su olor a azufre y cosa corrompida y el Elevado y el castillo de Atarés, que llegaba desde la lluvia, y el Paso Superior, gris, de hormigón, denso, y el entramado de vías férreas, abajo, y de cables de alta tensión y alambres telefónicos, arriba, y finalmente la carretera abierta.

—Quisiera ver las fotos de nuevo —dijo ella, al cabo.

—¿Ahora?

—Sí.

Él sacó su cartera y se la alargó. Ella miró en silencio las fotos. No dijo nada cuando devolvió la cartera. Luego, después que dejaron la carretera y entraron al camino, dijo:

—¿Por qué me las enseñaste?

—Hombre, porque las pediste —respondió él.

—No me refiero a ahora —dijo ella.

—¡Ah! No sé. Supongo que fue un pequeño acto de sadismo.

—No, no fue eso. Fue vanidad. Vanidad y algo más. Fue tomarme por entero, asegurarte que era tuya más allá de todo: del acto, del deseo, de los remordimientos. De los remordimientos sobre todo.

—¿Y ahora?

—Ahora vivimos en pecado.

—¿Nada más?

—Nada más. ¿Quieres algo más?

—¿Y los remordimientos?

—Donde siempre.

—¿Y el dolor?

—Donde siempre.

—¿Y el placer?

Se trataba de un juego. Ahora se suponía que ella debía decir dónde residía el placer exactamente, pero ella no dijo nada. Él repitió:

—¿Y el placer?

—No hay placer —dijo ella—. Ahora vivimos en pecado.

Él corrió un poco la cortina de hule y arrojó el tabaco afuera.

Luego le indicó:

—Abre la gaveta

Ella lo hizo.

—Saca un libro que hay ahí.

Ella lo hizo.

—Ábrelo por la marca.

Ella lo hizo.

—Lee eso.

Ella vio que en letras mayores decía: «Neurosis y sentimiento de culpabilidad».

Y cerró el libro y lo devolvió a la gaveta y la cerró.

—No tengo que leer nada para saber cómo me siento.

—No —dijo él—. Si no es para saber cómo te sientes, sino por qué te sientes así.

—Yo sé bien por qué me siento así y tú también.

Él se rió.

—Claro que lo sé.

El pequeño automóvil saltó y luego se desvió a la derecha.

—Mira —dijo él.

Delante, a la izquierda, por entre la lluvia fina, apareció deslumbrante un pequeño cementerio, todo blanco, húmedo, silvestre. Había en él una simetría aséptica que nada tenía que ver con la corrupción y los gusanos y la peste.

—¡Qué bello! —dijo ella.

Él aminoró la marcha.

—¿Por qué no nos bajamos y paseamos por él un rato?

La miró fugazmente, con algo de burla.

—¿Sabes qué hora es? Son las cuatro ya. Vamos a llegar cuando se haya acabado la fiesta.

—¡Ah!, eres un pesado —dijo ella refunfuñando.

Ésa era la segunda parte de su personalidad: la niña. Era un monstruo mitad mujer y mitad niña. «Borges debía incluirla en su zoología», pensó. «La hembra-niña. Al lado del catoblepas y la anfisbena.»

Vio el pueblo y, en una bifurcación, detuvo el auto.

—Me hace el favor, ¿dónde queda el stadium? —preguntó a un grupo y dos o tres le ofrecieron la dirección, tan detallada que supo que se perdería. Una cuadra más allá le preguntó a un policía, que le indicó el camino.

—¡Qué servicial es todo el mundo aquí! —dijo ella.

—Sí. Los de a pie y los de a caballo. Los villanos siguen siendo serviciales con el señor feudal. Ahora la máquina es el caballo.

—¿Por qué eres tan soberbio?

—¿Yo?

—Sí, tú.

—No creo que lo sea en absoluto. Simplemente, sé lo que piensa la gente y tengo el coraje de decirlo.

—El único que tienes...

—Quizás.

—No, sin quizás. Tú lo sabes...

—Está bien. Yo lo sé. Te lo dije desde el principio.

Ella se volvió y lo miró detenidamente.

—No sé cómo te quiero siendo tan cobarde —dijo.

Habían llegado.

Corrieron bajo la lluvia hasta el edificio. Al principio pensó que no habría nada:

porque no vio —por entre unos ómnibus ur-
banos y varios autos— más que muchachos
vestidos de pelotero, y la lluvia no dejaba oír.
Cuando entró, sintió que había penetrado en
un mundo mágico:

había cien o doscientos negros vestidos de blanco de pies a cabeza: camisas
blancas y pantalones blancos y medias blancas y la cabeza cubierta con go-
rros blancos que les hacían parecer un
congreso de cocineros de color y las mujeres también estaban vestidas de blanco y entre ellas varias blancas de piel
blanca y bailaban en rueda al compás de
los tambores y en el centro un negro
grande ya viejo pero todavía fuerte y con
espejuelos negros de manera que sólo se
veían sus dientes blancos como parte
también de la indumentaria ritual y
que golpeaba el piso con un largo bastón
de madera que tenía tallada una cabeza
humana negra en el puño y con pelo de
verdad y era el juego de estrofa y antis-
trofa y el negro de espejuelos negros gri-
taba *olofi* y se detenía mientras la palabra sagrada rebotaba contra las paredes
y la lluvia y repetía *olofi* y cantaba luego
tendundu kipungulé y esperaba y el coro
repetía *olofi olofi* y en la atmósfera turbia
y rara y a la vez penetrada por la luz fría

y húmeda el negro volvía a cantar *naní ma-songo silanbasa* y el coro repetía *naní masongo silanbasa* y de nuevo cantaba con su voz ya ronca y levemente gutural *sese maddié silanbaka* y el coro repetía *sese maddié silanbaka* y de nuevo

Ella se pegó a él y susurró al oído:
—¡Qué tiro!
«La maldita jerga teatral», pensó él, pero sonrió, porque sintió su aliento en la nuca, la barbilla descansando en el hombro.

el negro cantaba *olofi* y el coro respondía *olofi* y él decía *tendundu kipungulé* y el coro repetía *tendundu kipungulé* y mientras marcaban el ritmo con los pies y sin dejar de dar vueltas formando un corro apretado y sin sonreír y sabiendo que cantaban a los muertos y que rogaban por su descanso y la paz eterna y al sosiego de los vivos y esperaban que el guía volviese a repetir *olofi* para repetir *olofi* y comenzar de nuevo con la invocación que decía *sese maddié*.

—Olofi es Dios en lucumí —le explicó él a ella. Ella sonrió.
—¿Qué quiere decir lo demás?
«¡Si casi no lo sé lo que quiere decir Olofi!», pensó.

—Son cantos a los muertos. Les cantan a los muertos para que descansen en paz.

Los ojos de ella brillaban de curiosidad y excitación. Apretó su brazo. La rueda iba y venía, incansable. Había jóvenes y viejos. Un hombre llevaba una camisa blanca, toda cubierta de botones blancos al frente.

—¡Mira! —dijo ella a su oído—. Ése tiene más de cien botones en la camisa.

—Ssu —dijo él, porque el hombre había mirado.

silanbaka bica dioko bica ñdiambe y golpeaba rítmicamente el bastón contra el suelo y por los brazos y la cara le corrían gruesas gotas de sudor que mojaban su camisa y formaban parches levemente oscuros en la blancura inmaculada de la tela y el coro volvía a repetir *bica dioko bica ñdiambe* y en el centro junto al hombre otros jerarcas bailaban y repetían las voces del coro y cuando el negro de los espejuelos negros susurró ¡que la cojan! uno a su lado entonó *olofi sese maddié sese maddié* y el coro repitió *sese maddié sese maddié* mientras el negro de los espejuelos negros golpeaba contra el piso su bastón y a la vez enjugaba el sudor con un pañuelo también blanco.

—¿Por qué se visten de blanco? —preguntó ella.

—Están al servicio de Obbatalá, que es la diosa de lo inmaculado y puro.

—Entonces yo no puedo servir a Obbatalá —dijo ella, bromeando.

Pero él la miró con reproche y dijo:

—No digas tonterías.

—Es verdad.

Lo miró y luego, al volver su atención a los negros, dijo, quitándole toda intención a lo que había dicho antes:

—De todas maneras, no me quedaría bien. Yo soy muy blanca para vestirme de blanco.

y a su lado otro negro se llevaba rítmicamente y con algo indefinido que rompía el ritmo y lo desintegraba los dedos a los ojos y los abría desmesuradamente y de nuevo volvía a señalarlos y acentuaba los movimientos lúbricos y algo desquiciados y mecánicos y sin embargo como dictados por una razón imperiosa y ahora el canto repercutía en las paredes y se extendía *olofi olofi sese maddié sese maddié* por todo el local y llegaba hasta dos muchachos negros con uniformes de pelotero y que miraban y oían como si todo aquello les perteneciese pero no quisieran recogerlo y a los demás espectadores y ahogaba el ruido de las botellas de cerveza y los vasos en el bar del fondo y bajaba la escalinata que era la gradería del estadio y saltaba por entre los charcos formados en el terreno de pelota y avanzaba por el campo mojado y entre la lluvia llegaba a las palmeras distantes y ajenas y seguía hasta el monte y parecía como si quisiese elevarse por encima de las lomas lejanas y escalarlas y coronar su cima y seguir más alto todavía *olofi olofi bica dioko bica dioko ñdiambe bica ñdiambe ñdiambe y olofi y olofi y olofi* y más *sese maddié* y más *sese maddié* y más *sese* y más *sese*.

—A ése le va a dar el santo —dijo él señalando al mulato que llevaba sus dedos a los ojos botados.

—¿Y le da de verdad? —preguntó ella.

—Claro. No es más que un éxtasis rítmico, pero no lo saben.

—¿Y me puede dar a mí?

Y antes de decirle que sí, que a ella también podía ocurrirle aquella embriaguez con el sonido, temió que ella se lanzase a bailar y entonces le dijo:

—No creo. Esto es cosa de ignorantes. No para gente que ha leído a Ibsen y a Chéjov y que se sabe a Tennessee Williams de memoria, como tú.

Ella se sintió levemente halagada, pero le dijo:

—No me parecen ignorantes. Primitivos, sí, pero no ignorantes. Creen. Creen en algo en que ni tú ni yo podemos creer y se dejan guiar por ello y viven de acuerdo con sus reglas y mueren por ello y después les cantan a sus muertos de acuerdo con sus cantos. Me parece maravilloso.

—Pura superstición —dijo él, pedante—. Es algo bárbaro y remoto y ajeno, tan ajeno como África, de donde viene. Prefiero el catolicismo, con toda su hipocresía.

—También es ajeno y remoto —dijo ella.

—Sí, pero tiene los evangelios y tiene a San Agustín y Santo Tomás y Santa Teresa y San Juan de la Cruz y la música de Bach...

—Bach era protestante —dijo ella.

—Es igual. Los protestantes son católicos con insomnio.

Ahora estaba más aliviado, porque se sentía ingenioso y capaz de hablar por encima del murmullo de los tambores y las voces y los pasos, y porque había vencido el miedo de cuando entró.

y sese y más sese y olofi sese olofi maddié olofi maddié maddié olofi bica dioko bica ñdiambe olofi olofi silanbaka bica dioko olofi olofi sese maddié maddié olofi sese sese y olofi y olofi olofi

La música y el canto y el baile cesaron de golpe, y ellos vieron cómo dos o tres negros agarraron por los brazos al mulato de los ojos desorbitados, impidiéndole que golpeara una de las columnas con la cabeza.

—Ya le dio —dijo él.

—¿El santo?

—Sí.

Todos lo rodearon y lo llevaron hasta el fondo de la nave. Él encendió dos cigarrillos y le ofreció uno a ella. Cuando terminó de fumar y llegó hasta el muro y arrojó al campo mojado la colilla, vio a la negra, que venía hacia ellos.

—¿Me permite, caballero? —dijo ella.

—Cómo no —dijo el hombre, sin saber qué era lo que tenía que permitir.

La anciana negra se quedó callada. Podía tener sesenta o setenta años. «Pero nunca se sabe con los negros», pensó él. Su cara era pequeña, de huesos muy delicados y de piel reluciente y con múltiples y menudas arrugas alrededor de los ojos y de la boca, pero tirante en los pómulos salientes y en la aguda barbilla. Tenía unos ojos vivos y alegres y sabios.

—¿Me permite el caballero? —dijo ella.

—Diga, diga —dijo él y pensó: «Usted verá que ahí viene la picada».

—Yo desearía hablar con la señorita —dijo ella. «Ah, cree que ella es más sensible al sablazo. Hace bien, porque yo soy enemigo de toda caridad. No es más que la válvula de escape de los complejos de culpa que crea el dinero», fue lo que pensó antes de decir—: Sí, ¡cómo no! —y antes de retirarse un poco y mucho antes de preguntarse, inquieto, qué querría la vieja en realidad.

Vio que ella, la muchacha, escuchaba atentamente, primero, y que luego bajaba los ojos atentos de la cara de la negra vieja para mirar al suelo. Cuando terminaron de hablar, se acercó de nuevo.

—Muchas gracias, caballero —dijo la vieja.

Él no supo si tenderle la mano o inclinarse ligeramente o sonreír. Optó por decir:

—Por nada. Gracias a usted.

La miró y notó que algo había cambiado.

—Vámonos —dijo ella.

—¿Por qué? Todavía no ha acabado. Es hasta las seis. Los cantos duran hasta la puesta de sol.

—Vámonos —repitió ella.

—¿Qué es lo que pasa?

—Vámonos, *por favor.*

—Está bien, vámonos. Pero antes dime qué es lo que pasa. ¿Qué ha pasado? ¿Qué te ha dicho la negrita esa?

Ella lo miró con dureza.

—La *negrita esa,* como tú dices, ha vivido mucho y sabe mucho y si te interesa enterarte, acaba de darme una lección.

—¿Sí?

—¡Sí!

—¿Y se puede saber qué te ha dicho la pedagoga?

—Nada. Simplemente me ha mirado a los ojos y con la voz más dulce, más profunda y más enérgicamente convincente que he oído en mi vida, me ha dicho: «Hija, deja de vivir en pecado». Eso es todo.

—Parca y profunda la anciana —dijo él. Ella arrancó a caminar hasta la puerta, abriéndose paso con su gentileza por entre los grupos de santeros, tamboreros y feligreses.

La alcanzó en la puerta.

—Un momento —dijo él—, que tú has venido conmigo.

Ella no dija nada y se dejó tomar del brazo. Él abría la máquina cuando se acercó un muchacho y dijo:

—Docto, por una apuejta, ¿qué carro e ése? ¿Alemán?

—No, inglés.

—No e un renául, ¿veddá?

—No, es un MG.

—Ya yo desía —dijo el muchacho con una sonrisa de satisfacción, y se volvió al grupo de donde había salido.

«Como siempre», pensó él. «Sin dar las gracias. Y son los que tienen más hijos.»

Había escampado y hacía fresco y condujo con cuidado hasta encontrar la salida a la carretera. Ella no había dicho nada más y cuando él miró, vio que estaba llorando, en silencio.

—Voy a parar para bajar el fuelle —dijo.

Se echó a un lado de la carretera y vio que se detenía junto al breve cementerio. Cuando bajó la capota y la fijó detrás de ella, tuvo intención de besar su nuca desnuda, pero sintió que desde ella subía un rechazo poderoso.

—¿Estabas llorando? —le preguntó.

Ella levantó la cara y le mostró los ojos, sin mirarlo. Estaban secos, pero brillaban y tenían un toque rojo en las comisuras.

—Yo nunca lloro, querido. Excepto en el teatro.

Le dolió y no dijo nada.

—¿Dónde vamos? —le preguntó.

—A casa —dijo ella.

—¿Tan definitiva?

—Más definitiva de lo que puedas pensar —dijo ella.

Entonces abrió la guantera, sacó el libro y se volvió hacia él.

—Toma —dijo, a secas.

Cuando miró, vio que ella le alargaba los dos retratos —el de la mujer con una sonrisa y los ojos serios, y el del niño, tomado en un estudio, con los ojos enormes y serios, sin sonreír— y que él los aceptaba maquinalmente.

—Están mejor contigo.

Una mujer que se ahoga

LLOVÍA TODAVÍA. La lluvia golpeaba
incesante las viejas y cariadas fachadas y las
columnas carcomidas por el tiempo. Las casas parecían arcas flotando en un diluvio local. Una sola pareja estaba a resguardo simplemente porque los dos se sentaban en el
comedor de un restaurante de moda. El hombre miraba ahora el mantel blanco como si
fuera estampado. La mujer iba de blanco, como el camarero que vino a tomar la orden con
un despliegue florido de pluma, libreta y
manos. El hombre era moreno pero ni alto ni
buen mozo y era el único que no vestía de
blanco: le gustaban los colores serios.

—¿Qué vas a comer tú?

Ella levantó la vista del menú. También era blanco pero tenía una inscripción
verde en la tapa que era a la vez un engaño y
un desengaño: *Restaurant La Maravilla*. Era,
claro, sólo un nombre y aunque era un restaurante no era una maravilla. Los ojos de la
mujer se veían casi glaucos a la blanca luz de
candilejas que venía de todas partes. «La luz
universal de Leonardo», pensó el hombre

mientras la oía hablar a ella con el camarero
en un susurro teatral o apagado por la lluvia,
que sonaba como tambores cercanos a través
de la cristalera.

—¿Y usted, señor?

Era el camarero que lo atendía ya.

—¿Qué carne hay?

—Ninguna, señor. Hoy es viernes.

—¿No hay dispensa?

—¿Cómo dice?

—No tiene importancia. Tráigame costillas de cordero.

—El cordero está en veda.

—¿Cómo va a estar el cordero en veda? A menos que ustedes lo cacen.

—Quise decir que no me queda.

—Quiso. Pero no lo dijo.

—Perdón.

—¿Qué hay hoy?

—Sólo pescado. Como es viernes.

—Ya ve, eso sí lo dijo.

—En efecto.

—Tráigame pargo con...

—Pargo no hay.

—Está en veda.

—No, no nos lo han traído.

—¿Qué es lo que hay entonces?

—¿De pescado? Hay cherna, lisa, atún,
bonito, sierra, serrucho o aguja, dorado...

—Está bien, me basta. Tráigame una
rueda de sierra a la plancha.

—¿Seguro que no la quiere frita? Sabe muy bien así.

—Tráigame, *por favor,* la sierra a *la plancha.*

—Como quiera el señor. ¿Y qué más?

—¿Qué más qué?

—¿Quiere la sierra sola o acompañada?

—Con puré.

—¿De papas o de otro tubérculo?

«¿Cómo diablos sabe este hombre qué es un tubérculo?»

—De papas.

—¿Con o sin guarnición?

—Como no soy militar, sin.

Ella susurró: «A ver si te escupe la comida» y él sólo sonrió.

—Ah, y una malta.

Como el hombre no era irlandés tampoco quería decir whiskey, sino una bebida ligera hecha de azúcar quemada y malta y llamada en Cuba malta. Tautologías tropicales.

—¿Quieres algo de beber? —le pregunto él a ella.

«Apuesto a que sí», pensó él y ella dijo que tomaría una cerveza, «ya que no es una menor». Mientras venía el almuerzo él la miró a ella con detenimiento. «Tampoco es ahora una señorita.» Ella levantó sus ojos del inmaculado mantel para mirarlo a los ojos. «Doña Desafío. ¿Por qué no pareces derrotada ahora? Debías. ¿Te enteraste?»

—¿En qué piensas? —quiso saber ella y su voz sonó extrañamente suavemente paradójicamente calma. «Si tú supieras, muchacha. Si supieras.» Pero lo que él dijo fue:

—En nada. Nada en particular.

—¿Me examinabas?

—Miraba tus ojos.

—«Ojos de cristiana en una cabeza pagana.» La cabeza es mía pero la frase es tuya.

Sonrió él. En realidad estaba herido, leve, de tedio.

«Morir de odio o morir de tedio. No hay otra opción.»

—¿Cuándo crees que va a parar?

—¿De llover?

— Sí, claro.

—No sé. Dentro de un año o en dos minutos. Nunca se sabe en este país.

Siempre hablaba así, como si acabara de llegar de un largo viaje al extranjero. O como si se hubiera criado en otro país.

O tal vez como si fuera un turista de paso. De hecho nunca había salido de Cuba ni siquiera de La Habana, pero parecía estar de visita eternamente.

—¿Cuándo podremos ir a Anabacoa?

—Gua-nabacoa.

—Eso.

—No sé si habrá función ya o no.

—La lluvia es mucha.

—Mucha, como el pintor.

—¿Qué pintor?

—Uno que no conoces.

Dejaron de hablar por mutuo acuerdo. El hombre miraba. Siempre miraba. Miró: a la plaza que rodeaban las columnas en deterioro perenne, a lo largo de la calle colonial todavía empedrada con adoquines azules, a la iglesia aún más vieja que la plaza con su fachada vuelta verde por el moho y a los escasos arbolitos emaciados por el monóxido de carbono. Era un paisaje escuálido, lívido. «Utrillo se volvería loco por estar aquí ahora pincel en mano», pensó momentos antes de notar que ella lo escrutaba.

—¿En qué piensas? —dijo él—. Prometiste decirme la verdad, toda la verdad.

—Te lo iba a decir de todas maneras. Yo...

Se detuvo. Se mordió el labio inferior y luego abrió ancha la boca. Lo hacía a menudo. Él le había dicho varias veces que dejara de hacerlo: no se veía bien haciendo tal mueca.

—Pensaba que. Que no sé por qué te quiero. Eres exactamente lo opuesto al hombre de mis sueños.

—¿Quién es el hombre de tus sueños, Rock Hudson? Te anuncio que no le gustan nada las mujeres.

Ella ni siquiera sonrió sino que continuó:

—Pero de todas maneras te miro y siento que te quiero. Es más, me gustas.

—Gracias mil —dijo él, petulante.

—¡Por favor! —dijo ella molesta. Era su turno de mirar al mantel blanco como un mantel con obra. Luego miró sus manos, sus dedos más bien: las uñas sin pintar, con diez medialunas blancas asomando por el borde de cada cutícula como de un horizonte rosa. Ella era alta y esbelta y se veía elegante con el vestido que llevaba de escote ancho y cuadrado. Sus senos eran en realidad pequeños pero la curva de su pecho hacía parecer que tenía mucho busto. Llevaba un largo collar de perlas de *strass* y su peinado era un moño que le daba un aire antiguo y severo. Su sonrisa, sin embargo, era cálida y acogedora y sus labios eran plenos, parejos y perfectos y rosados, como rosadas eran también sus encías que enseñaba al reír. Sus dientes hacían juego con las perlas. No usaba maquillaje excepto tal vez una línea oscura en las comisuras de sus largos ojos, que hacía sus pupilas amarillas más grandes y más claras. Era una mujer de veras bella.

Muy molesta, no volvió a hablar antes de acabar de comer. Como estaban solos en el restaurante (a él le gustaba comer en comedores vacíos) sólo se oía el sonido metálico de cubiertos sobre loza que se mezclaba con el ruido cercano de la lluvia y el rumor evanescente de la música indirecta. «La música perfecta», pensó él. «Como le gustaba a Satie: *la musique d'ameublement.* La música tan útil como una silla y tan impersonal.»

Cuando acabaron, el camarero retiró el servicio y desapareció para reaparecer a barrer la mesa con una escobilla y una pequeña pala de metal blanco, luego hizo un rollo con el mantel manchado y lo remplazó con otro mantel fresco y se fue de nuevo. El hombre sacó entonces una pluma y empezó a dibujar en la superficie impoluta de la tela lo que parecía una casa de muñecas diseñada por un mediocre Le Corbusier de las islas.

—¿Algo más? —dijo el camarero que volvió de adentro de pronto, aparentemente sólo para objetar con su ceño lo que le estaba haciendo el hombre al mantel. Pero no dijo nada al respecto.

—No, gracias —dijo ella.

—Me trae café, *bien serré,* y un *Ecce Homo.*

—¿Un qué?

—Un Hache Upmann. ¡Ah!, y la cuenta.

—¡Sí señor!

Cuando se fue el camarero dijo ella:

—¿Vas a fumar?

Ella odiaba fumar pero más odiaba que los otros fumaran, como su madre. Era una especie de tabaquina por persona interpuesta.

—Por supuesto —dijo él.

—Vaya, vaya. Y mi madre que me predijo que terminaría casándome con un hombre bajito y prieto que fumaría tabacos.

—Profética la anciana —dijo él—. Pero falló en su predicción: no nos hemos casado todavía.

—Mejor así.

La miró y sonrió. Pero ella no devolvió su sonrisa.

—Ojalá que no hubiera ocurrido nunca.

Sabía a qué se refería ella. Pero en vez de obviarlo lo hizo obvio.

—¿Por qué?

—¿Cómo que por qué? Porque sí. Siempre te crees que todo es *tan* fácil.

—Al contrario. La vida es complicada y difícil.

—Lo que es difícil es seguir viviendo después.

Podía continuar su línea de pensamiento tan fácilmente como escoger la sección de una curva, que resultará recta. Ella había regresado a su oscuro tren, que iba siempre por el mismo carril hacia un túnel. A la oscuridad que queda al final.

—Morir no es problema —dijo ella con énfasis.

«Ya salió El Tema», pensó él. Para evitarlo miró a la calle donde seguía lloviendo. Llovía tanto que creyó que por los altavoces en vez de música oiría la voz indirecta de Dios que le ordenaba construir una balsa con la mesa y las sillas. Pero Noé no es. La iglesia al fondo se hizo de pronto un templo budista en que se refugiaron de la lluvia del cine, ducha hecha, dos monjes japoneses. Como al principio de *Rashomon,* que admiraba, quiso que uno de ellos, tan perplejo como él ahora, un sabio zen, oculto entre las columnas, musitara (palabra sin duda japonesa) ante la lluvia: «No lo comprendo, no lo comprendo».

—No lo comprendo —dijo él en voz alta.

—¿Qué no comprendes? ¿Que no le tengo miedo a la muerte?

Sonrió él ante su propio desliz y a la confusión que había creado en ella. «Las imaginaciones son debidas a las perforaciones», pensó y volvió a sonreír.

—Te pareces a la Mona Lisa, siempre sonriendo.

—Con mi bigote me pareceré a la Mona Lisa de Duchamp.

—¿De quién?

—Un señor del campo que no conoces. Se ha dedicado a pintar bigotes a todas las Mona Lisas.

El humo de su habano surgió azul como de esa pistola humeante con que el asesino acaba de disparar certero. La víctima no había caído todavía, iba cayendo sin vida, caída como caen los cuerpos muertos. Aun los buenos cuerpos. Mientras, frente a la iglesia clausurada la lluvia azotaba los arbolitos indefensos y hacía pocetas en la plaza: llovía ahí afuera, llovía ahora en La Habana, llovía en

Cuba. Llovía en todo el hemisferio occidental. Lluvia aburrida por perenne. Tarde de tedio. Tedio de todo. «Tedio, te odio.»

—¿Qué cosa es?

—¿Qué cosa es qué?

—Lo que dibujas.

—No es un dibujo. Es un diseño de días de sueño.

—Parece una casa.

—Parece una casa pero es una prisión, que es lo que son todas las casas.

Ella se sintió incómoda y comenzó a ponerse de pie.

—¿Nos vamos?

—¿No estás viendo que está lloviendo que estoy yo viendo?

Pero ella tenía más sentido del amor que del humor:

—Y va a llover toda la santa tarde, toda la noche y la madrugada —dijo ella y se puso finalmente de pie.

—¡Siéntate! —ordenó él casi con furia—. Por favor. Siéntate y oye, que te voy a contar un cuento.

Ella se sentó de nuevo y él guardó su pluma.

—Como sabes, como creo que sabes, como debías saber: el Hotel Presidente ha sido siempre favorito del turista. Tal vez sea por su fachada elegante de ladrillos rojos con piedra rosa, que le recuerda un *brownstone* natal, y su interior eduardino. Todo diseñado por un arquitecto americano. O por lo que sea. En todo caso, no hace muchos años vino una pareja de Nueva York a hospedarse allí —y movió el salero y el pimentero hasta hacerlos una pareja de cristal— por un fin de semana. Cuando fueron a regresar hubo un inconveniente: la lluvia que no cesa. La mujer estaba más impaciente que el marido por coger el avión de vuelta. Ella sabía mejor que él que estaban atrasados y perderían el avión. Se comportaba ella como si fuera el último avión en *Horizontes Perdidos* y de cierta manera lo fue. Avión o no avión, ella estaba más inquieta que nadie. El portero, que acababa de guardar su paraguas porque había escampado después de estar lloviendo todo el día, les dijo que no dejaran el hotel todavía. Aunque la lluvia había cesado la calle estaba anegada. «¿Cómo anegada?», preguntó la mujer, y el portero le dijo, señalando: «Inundada, señora. ¿No lo ve?» Ella protestó: «¡Pero tenemos que regresar!» El portero se encogió de hombros como diciendo allá usted, señora, sin decirlo. «Debemos irnos», explicó ella, y ésa fue su famosa frase final, aunque debió decir: «Quiero irme». El marido delante y la mujer detrás salieron cargando sus maletas sobre sus cabezas, tratando de vadear la inundación. La mujer sonrió sabia cuando vio que el agua no llegaba más que a los tobillos. De pronto, con esa sonrisa en los labios, desapareció.

—¿Cómo que desapareció?

—Desapareció para siempre —y el hombre chasqueó su pulgar contra su dedo medio, haciendo un sonido final—. ¡Así! Sólo quedó de ella su maleta flotante.

—¡No puedo creerlo!

—Créelo. Sucedió así: la mujer ansiosa adelantó un pie y metió la pata. Primero los pies y las piernas y después todo el cuerpo. Era tan delgada como tú y fue tragada por las aguas. Entró a una cloaca abierta. Nunca encontraron su cadáver. El cónsul americano ofreció su veredicto al marido como un pésame: *death by drowning*. Murió ahogada al caer por el hueco de una alcantarilla que una ola había destapado y fue a dar al mar, que como sabes está sólo a dos cuadras del hotel y a tres de este restaurante acogedor.

Como punto final a su historia el hombre empujó el salero hasta hacerlo caer sobre el mantel primero y luego al suelo. Ahora recogió un poco de la sal derramada y la esparció sobre su hombro izquierdo, donde formó una fina caspa. La mujer sólo vio el salero que caía.

—¿Desapareció de veras?

—No como esa otra mujer desobediente, la señora Lot, sino al revés: se convirtió en agua, no en sal. Aunque el agua que se la llevó venía del mar.

—Es un sueño tuyo, ¿no?

—Es un ideal pero no es un sueño.

—Es uno de tus dibujos en humor negro.

—No es una invención mía. Créeme.

—Es una alegoría.

«Señores del jurado, yo le enseñé esa palabra.»

—Más alegría que alegoría. Ojalá todas las mujeres testarudas desaparecieran así. Salió en los periódicos. Incluso en el *New York Times* que llamó al suceso *a misadventure,* que no es una desventura sino un accidente. ¡Accidente! Todo fue obra de esa vieja magia blanca, hubris.

—¿Qué cosa?

—*Hubris.* Arrogancia en griego. O el orgullo antes de la caída.

—Si es así tú debieras haber desaparecido hace rato.

Sonrió. Ligeramente pero sonrió.

—Te quedó bien. Pero te olvidas que es siempre la mujer la que desaparece primero. Así acaban todos los matrimonios.

—Afortunadamente no somos un matrimonio. Tú lo has dicho.

Sonrió de nuevo.

—Tu sonrisa es tu ubre.

—Hubris.

—Ubre, ubris, ¿qué más da?

Ella arrojó su servilleta sobre la mesa.

—Me voy.

—¿Te vas? ¿Tú sola? ¿Solita en alma?

—En alma y en cuerpo. Mejor sola que mal acompañada.

«Una vulgaridad, señor juez, que yo no le enseñé.»

—La calle está anegada, te lo advierto.

—No me importa. Si tengo que desaparecer, desaparezco ahora mismo. Adiós.

Sonrió él pero ella no. Se levantó, en un final, echando la silla atrás con su cuerpo que él miró no sin deseo. Cogió ella su bolso blanco y se iba, toda blanca pero no inmaculada. Se estaba yendo ya al caminar hasta la salida y empujar una de las puertas de cristal para dejar el restaurante como quien entra en un espejo. Por un momento su imagen virtual se reflejó en la hoja hialina y surgió una pierna primero, luego la otra, a la terraza y finalmente todo su cuerpo grácil. Todavía con su sonrisa debajo de su bigote, él la vio irse y virando la boca se dijo como explicación: «Un fenómeno de paralaje». Pero desde su asiento pudo gritar en un susurro: «Cuidado con las alcantarillas».

Ella no lo oyó. O hizo como que no lo había oído. Ahora cruzaba la terraza encharcada para descender mojada los tres escalones desde donde alcanzar la acera. Pero se detuvo antes de bajar del todo. El agua anegaba la calle y rebozaba la acera. Estuvo a punto de regresar o por lo menos mirar atrás como para pedir auxilio con los ojos. Pero no lo hizo. Se detuvo, inmóvil, por un momento su cuerpo perfecto convertido en estatua.

Luego puso un pie, el izquierdo, teme-
roso, en el agua turbia y vio que el nivel le llegaba más arriba del tacón alto. Retiró el pie.
Trató ahora con el pie derecho. El agua no le
llegaba a la suela. Era un agua sucia pero poco
profunda. Finalmente bajó decidida a la acera,
para caminar calle abajo. Nunca miró atrás.

La avenida cercana, llamada Calle Línea,
la calle que es recta como una línea al parecer,
pero que fue la calle que cruzaba antes el tran-
vía, sus líneas paralelas ahora desaparecidas.
Aunque no el nombre. La calle se veía más inundada que la acera. Ella no usaba sombrero
ni llevaba sombrilla porque son inútiles: cuando llueve en Cuba llueve de veras. Su vestido,
más blanco en la noche, se pegaba a sus formas.
Sobre el asfalto, en la oscuridad, en la tiniebla
más negra que el asfalto, vio la tapa de una alcantarilla. Estaba en medio de la calle donde
formaba un bache, un túmulo negro, extraño
pero no amenazante: el asfalto, derretido por el
sol y vuelto a endurecerse por la noche, había
hecho un costurón protector a la tapa. Fue entonces (el azar ganándole la partida a los hados
griegos) que vio un taxi que apareció obvio en
una ciudad donde los taxis no solían distin-
guirse de los otros vehículos, a menos que fuera
un camión.

Le hizo señas al auto providencial y
cuando se detuvo y ella abrió la puerta opaca
se reflejaron en el cristal de la ventanilla las

luces del alumbrado arriba, que brillaron claras como castas estrellas. Entró al taxi que
arrancó bajo la lluvia más constante que su
amante dejado detrás. Dos de las ruedas tro-
pezaron con el bache y pasaron con ruido por
encima de la tapa de la alcantarilla. Nada se
movió excepto ella dentro del taxi, que tem-
bló aunque estaba a salvo.

Delito por bailar el chachachá

Señor juez, señor juez, señor juez,
mi delito es por bailar el chachachá.
(Canción cubana circa 1956)

ME MIRÓ. Me miró con sus ojos color de ópalo de aceite de orine. Me miró mientras comía y sonrió. Comía con corrección casi perfecta, excepto por el leve americanismo del tenedor que pasaba de la mano izquierda a la derecha para llevar la comida a su boca. A mí que siempre me preocupa la pequeña perfección (el césped cuidado de un parque, las medias a tono con el traje, la mano sin joyas) más que las grandes perfecciones, me gustaba verla comer con sus buenas maneras en la mesa —recordando sus malas maneras en la cama. Comía lo mismo que yo: potaje de frijoles negros, arroz blanco, picadillo a la criolla y plátanos verdes fritos. Esta vez los dos tomábamos cerveza, muy fría. Había en la mesa, además, una ensalada doble de aguacates al limón, dos vasos de agua y una cesta con pan, a un lado. Pero eso no era todo. Entre ella y yo se interponía un abismo de objetos. A la izquierda, la *cruet* del vinagre y el aceite y la *épergne* con pimienta y sal. Al otro lado, un pesado cenicero de cristal cortado y la azucarera que hacía juego. Al centro estaba el florero de cerámica con dos girasoles ya marchitos. Me miraba todavía, sonriendo todavía y yo le devolví la mirada por sobre el *bric-à-brac,* pero no la sonrisa. Traté de jugar, yo solo y en secreto, a que adivinaba su pensamiento, para olvidarme de la mesa vecina, de mis vecinos.

¿En qué piensas?

En ti.

¿En mí? ¿En qué en mí?

En ti y en mí.

¿En qué?

Juntos los dos.

¿En un bote salvavidas? ¿En un satélite aunque sea artificial? ¿En la cama?

No, no bromees. Por favor, no bromees. No, por favor, no bromees, por favor. En ti y en mí, juntos, siempre y siempre y siempre.

¿De veras?

Sí. De veras, sí. Sí. ¿Por qué no te casas conmigo?

Dejé de jugar —¡qué juego peligroso!—, dejé de jugar mi solitario de diálogos. Sin red, damas y caballeros, ¡sin red!

Los muchachones de la mesa de al lado se habían cansado ya de mirarnos (el que parecía un Rodolfo Valentino de color), de tajonear sobre la mesa (un aprendiz de bongosero, rubianco, con la cara llena de espinillas) y de escupir a cada rato (el que llevaba la voz cantante en aquel coro de idioteces en alta voz) y de tomar cerveza, y pagaron y se levantaron. Se iban.

Uno de ellos, al ponerse de pie, se llevó las manos a las entrepiernas y se rascó. Era el que escupía en el piso. Pero lo mismo hizo el que cogió la mesa como tumbadora. Luego el Valentino de Pogolotti (el único lugar de Cuba que recuerda a Italia y es por el nombre) también se rascó. Los perfectos cubanos. Escupiendo, tocando tajona y rascándose los *güebos,* como llaman en La Habana a los testículos. Eran milicianos porque estaban vestidos de milicianos y no me explico cómo les sirvieron bebidas. Tienen prohibido beber de uniforme —¿o solamente se supone? Se fueron, no sin antes mirar una vez más para nuestra mesa —Valentino y Ramón Novarro (o Síbarro) y John Gilbert juntos por primera vez en una misma película, *Los 3 jinetes de la épocalipsis.*

La miré y le pregunté (si *soy* arriesgado) que en qué pensaba.

—Es tarde.

Respiré aliviado. Pensé que iba a responder en ti y en mí.

—Todavía hay tiempo.

Ése era yo.

—¿Qué hora tú tienes?

Ésa es ella. Habanera gramatical.

—Temprano.

—No. ¿Qué hora es? Por favor, que voy a llegar tarde.

Miré el reloj. Pero no la hora sino la fecha.

—Las nueve.

—No, son más de las nueve.

—Termina de comer.

—Ya terminé.

Se levantó de pronto, cartera en mano. Miré como si la viera por primera vez (ésta era su gran cualidad: siempre la miraba como si la viera la primera vez y la emoción era siempre la misma que la vez que la vi la primera vez, que la primera vez que la vi desnuda, que la primera vez que nos acostamos) y me gustó la sencillez con que vestía, su elegancia nerviosa, su cuerpo esbelto. Me casaría con ella.

—¿Ya te vas?

—Sí, que se me hace tarde.

—Espera a comer el postre.

—No tengo ganas.

Se agachó para darme un beso.

—Considérame un postre.

Era yo, claro. Ella se rió.

—¿Me esperas aquí?

Era Ella, sonriendo melancólica. Era ella.

—Sí claro. Ahora me como mi postre y tomo una taza de café y (¿por qué no tomas tú café?

—Luego. A la vuelta.

—está bien) y me fumo un tabaco y me quedo leyendo.

—Bueno hasta luego amor.

—Ven en cuanto termines.

Mi última frase fue gemela de su ¿me esperas aquí? De estas torpes tautologías está hecha la conversación —y la vida.

La vi irse alta y delgada y blanca en la noche, caminando por la acera de la embajada suiza con su paso rápido, gentil, yendo hacia la calle C rumbo a Línea, con una puntualidad y un sentido del deber que siempre me conmovían, al teatro. Ahora actuaría, bien entrada ya la obra, en dos indiferentes papeles diferentes (genial método de un director importado, apodado el Inmondi, que éste había copiado del Berliner Ensemble) en un mediocre opus de Bertolt Brecht que se suponía que uno debía no mirar, sino venerar como si fuera un misterio medieval. (¿Y quién me dice que de veras no es un auto sacramental?) Pero no es de Brecht que quiero hablar (porque puedo hablar mucho de Bertolt, ese odioso personaje brechtiano, que dijo, «Ser imparcial no significa, en arte, sino pertenecer al partido que detenta el poder», él, Bertolt Brecht, precisamente, eso dijo), no es de ese Shakespeare de los sindicatos que quiero hablar, sino de ella que debe de caminar por la acera de El Jardín ahora yendo a hacer aquellos pobres ejercicios de propaganda como si fueran Cordelia y fröken Julie, siamesas de un monstruoso solo rol. Solamente se había rebelado (o revelado más bien) ella en un pequeño punto de ética. Al final no cantaba La Internacional con el coro (y La Internacional no estaba —¿o sí estaba?— entre los planes de Brecht, que solamente pedía noticieros con vistas de las «últimas revoluciones», sobre las que el coro subversivo cantaría un himno a la testarudez política que decía, «¿Quién puede decir *nunca?*», y el himno proletario como los aplausos de los actores devolviendo o repitiendo simiescos o haciendo eco a los aplausos del público, todos tan precisamente oportunos como los *pioneritos* que subían a dar ramos de rosas a mujeres y hombres, ¡en Cuba! (donde tradicionalmente dar flores a un hombre es dar también a entender, por una metáfora atávica, que es pederasta), como toda la atmósfera del teatro con los cantos revolucionarios del público y la imagen de las olas proletarias, moviéndose los espectadores cogidos de las manos en alto derecha a izquierda, como pensantes espigas marxistas más que pascalianas: todo-todo estaba calcado de otra parte, de la Unión Soviética, de China, ¿de Albania?, como estaba copiada al carbón la puesta en escena de *La Madre,* montada siguiendo el *Modellbuch)* porque se negaba ella a entonar el verso que dice *Ni César ni burgués ni Dios habrá.* Cuando el asistente de dirección le preguntó ¿se puede saber por qué *compañera?*, molesto, ella respondió, simplemente, sonriendo: «Porque creo en Dios». Lo que después de todo no era una excusa sino la verdad.

Me quedé solo en la terraza, fumando, tomando sorbos de café caliente tibio fresco, frío finalmente, hasta que sin darme cuenta usé la taza como cenicero y cuando volví a beber sentí el gusto demolido en mi boca, el sabor de la destrucción y supe que había bebido cenizas otra vez. Abrí el libro. Siempre salgo con un libro entre las manos como un párroco con su misal, sólo que cualquier libro es mi biblia (pensé que si no hubiera nacido en Cuba, que si hubiera recibido una educación humanista, que si Varona hubiera muerto antes de cambiar el plan de estudios del bachillerato treinta años antes podría haber hecho un buen juego de palabras, un entretenido yoyo etimológico, un viaje de ida y vuelta hasta Grecia, *B.C. and back* en este trompo del tiempo verbal: biblia, biblos, bíblinos, lapis bibulus, lapsus labialis, labia, laburinthos, laborantibus, laboriosus, laborare, labefacere —et caetera porque es tarde para hacerlo y porque me acordé del maestro tipógrafo que me dijo que no había en Cuba un solo juego de matrices en griego— y dejé en paz la memoria del maestro Varona, filósofo del Caribe, educador insular, insulado), mi Biblia. Traté de leer y no pude. Esto me pasa a menudo, de leer una línea veinte, treinta veces y leerla una vez más y no entender nada, porque el significado se me pierde en la distracción y sólo leo las palabras, dibujos llenos de garfios y sonidos que no significan nada.

Mi misal era *La tumba sin sosiego,* un libro que me asaltó entre tomos de derecho procesal y canónico y novelas de olvidados autores franceses de este siglo, en una vieja casa de antigüedades que ahora vendía también libros de uso comprados al por mayor a gente en fuga. Me sorprendió tanto aquella fea portada moderna, su aspecto de *paperback* pretencioso y el desmedido elogio de Hemingway («Un libro que por muchos lectores que tenga nunca tendrá bastante» o algo así), que decidí comprarlo al exorbitante precio de diez centavos cubanos y convertirme así, con este golpe decidido que no abolirá el azar de lecturas, en uno de los muchos lectores inútiles que pierden su sosiego intentando colmar la medida de lo posible (pero todos juntos nunca llegaremos a ser, ay, *bastante*), mientras quedan atrapados por el encanto sin sosiego del libro.

Un error que se comete a menudo es creer que los neuróticos son interesantes.

Estaba afuera, escapado del aire acondicionado, porque sentía avanzar por entre los senos malares las fuerzas invasoras de un catarro, que pronto ocuparían primero una fosa nasal y luego otra sin disparar un estornudo, invadirían faringe y laringe, copando las amígdalas, tomando después las avenidas bronquiales y finalmente harían capitular la central respiratoria en una verdadera *blitz-krieg* infecciosa. Abrasados por el calor del triunfo, desbordados los glóbulos rojos, mientras los glóbulos pálidos, encerrados en el bolsón microbiano, enarbolaban sus banderas blancas, los bacilos de ocupación creaban ahora grandes campos de exterminio de fagocitos, gastando mis energías en el totalitario crematorio de la fiebre.

Miré a las mesas vacías (peor que vacías: casi vacías: al fondo, bajo una de las luces, había una pareja) con ojos llenos de lágrimas no sentimentales sino enfermas, desdibujando los nítidos canteros que limitaban la terraza y a la vez impedían que desde la calle se viera a los comensales en su muchas veces obsceno ejercicio. Mis ojos salvaron fatigados los setos, atravesé con ellos la calle Calzada primero y luego la calle D y dejé que la mirada paseara sin chaperona crítica por el parque, esa plaza colmada de coposos ficus (jagüeyes dicen los cubanos románticos, laureles dicen los cubanos clásicos), con su fuente siempre seca absurdamente guardada por un Neptuno destronado, Poseidón exiliado de las aguas, que figuró con prominencia en otro sitio de La Habana, más cerca del mar, en otro tiempo, en otro olvidado libro cubano, con la doble pérgola, una a cada lado del parque, simétricos jardines de Academo donde en vez de Platón y sus discípulos, se pasean ahora criaditas peripatéticas, epicúreos milicianos adectos a Demócrito (antes fueron estoicos soldados rebeldes, todavía antemás cogían aquí el fresco suave o cálido o peligroso del véspero insular, merodeando por estos jardines invisibles, fariseicos soldados batistianos y más atrás aun fueron socráticos *constitucionales* o sus hijos, que al pasear exclamaban, «¡Nacer aquí es una fiesta innombrable!», y con *aquí* querían decir el parque, La Habana y la isla), parqueadores sofistas siempre en vigilia, pitagóricos billeteros pregonando la lotería, soñolientos dueños de perros, cínicos, y lo que más se parece a Aristóteles entre nosotros: un ocasional chófer de alquiler que charla con su colega filósofico (Plotino del timón) sobre todos los temas posibles en el Liceo de la piquera de turno *un error que se comete a menudo/interesantes. No es interesante ser siempre infeliz* y pensé que una vez había escrito un cuento que ocurría todo en este restaurant-café-bodega para ricos y que ahora estaba viviendo en el mismo café-restaurant-bodega para la nueva clase y uno que otro rico rezagado y algunos conspiradores de café con leche —y me puse a meditar (lo supe porque sentí la mano en la barbilla, el pulgar en la parótida y el índice en la frente) sobre el abismo que se abre entre la vida y la literatura, siempre, que es un vacío entre realidades distintas y casi pensé distantes.

Un error que/ r/ ti /No /lix, envuelto en uno mismo, maligno (pensé en Benigno Nieto, que me dijo un día arrastrando sus erres: «Chico, lo

tegrible es que cuando ya empezábamos a aco-
modarnos en la burguesía (a tener un puesto al
sol como aquel que dice) se desbagrata la burguesía y ahogra tenemos que dar un vuelco
completo y empezar de nuevo». Maligno Nieto, ¿te dije alguna vez que Mao llama a eso el
Gran Salto Adelante? *o ingrato/nunca muy en contacto con la realidad* Pobgre Beninno, ¿Dónde
habrás ido a parar con tus egres à la Carpentier
y tus cuentos de escándalo y leve pornografía
acerca de la yegua que y tu teoría de que para
hacerse escritor hay que abandonar siempre
una isla: Joyce, Cesaire, el mismo Carpantié
chico? «Te olvidas de Safo», dije o creo que dije
porque en ese momento entró una rubia en el
campo de mis meditaciones y me olvidé de
Benigno y de las islas literarias para concentrar-
me en el bojeo de esta ínsula de carne. *No man is
an island.* Cierto, pero una mujer puede ser un
archipiélago. Seré un cartógrafo, para ustedes.
Llámenme Ptolomeo o si quieren, Tolomeo
—o mejor, Juan de la Cosa. Don Juan de.

Mediana, ancha de caderas, con la ver-
sión cubana de la *chemise* encima: suelta en la
cintura y ajustada en las tetas y en las nalgas
—y hablo así porque era esta franqueza brutal la que mostraba, una lección de anatomía
animada ella, caminando sobre sus sandalias
con una sensualidad que a nadie parecía asom-
brosa, empujando la puerta de cristales con
gesto lánguido de la mano que desmiente el

brazo robusto, avanzando una cadera y luego otra por entre las hojas transparentes (que al mostrar todo su cuerpo convirtieron su entrada en un ritual o un paso de baile) como si del otro lado la esperara el ministerio del sexo y no los evidentes criollos que se volvieron, todos a un tiempo, hacia ella en el mismo instante en que subió los tres cortos escalones a la terraza con una demora y una dificultad buscada siempre y procurada ahora por la tensa seda alcahueta.

Recordé enseguida algo que leí esa tarde en *La tumba* y que no era un epitafio. Estaba casi al comienzo, creo, y empecé a buscarla. *¿Cuántos libros escribió Renoir/¿Qué es una obra maestra?* (interesado, yo) *Déjenme nombrar unas pocas. Las* Odas *y las* Epístolas de Horacio (uno de los pocos poetas de lo antiguo q. he leído, q. puedo citar, q. debo citar: «las ruinas me encontrarán impávido») las *Églogas* y *Geórgicas* (he leído partes de la *Eneida* entre el aburrimiento y la admiración por Frazer) de Virgilio, *el testamento* de Villon (demasiados libros que no he leído vienen ahora, con excepción de los *Ensayos) los* Ensayos *de Mont*/No hay *dolor igual al que dos amantes se pueden infligir el uno al otro/ El comunismo es una nueva religión que niega el pecado original* (¿cómo lees/transcribes esto? Palinuro, ¡que estás arriesgando mi vida! ¡Cubano al agua! ¡A babor! Ya en el agua, que más da. La humillación no está en la caída sino en la ropa húmeda. A la tercera subida no me pasó por la mente toda mi vida sino una sola frase: «Comunista, animal que después de leer a Marx, ataca al hombre.» Es tuya, Cyril. Te la dejo en mi testamento. Considérame otro Villon) *aunque raras veces encontramos un verdadero comunista que parezca completo o feliz* (esto no es verdad ni mentira sino todo lo contrario: no, en serio: esto es verdad y es mentira —pero ¿y los chinos, que siempre se retratan, como Núñez, riendo? Es la verdad dialéctica. Alguien me dijo, Chilo Martínez, creo, que fue funcionario en la embajada en Pekín, que Mao ordena a cada chino que se fotografíe que sea sonriendo: unas seis, no como mil millones de sonrisas al año: Hoy Mona Lisa vs Malthus Hoy La Pelea del Milenio) *Mis amigos al principio fueron Horacio, Petronio y Virgilio* (mi primer amigo verdadero, mi primer cómplice, mi primer alcahuete fue Petronio: leía así *El Satiricón* a los doce años: ¡con una sola mano! Para lo que quedan los clásicos: ¡qué decadencia! o ¡qué decadencias!) *luego: Rochester / Jesús fue un hombre petulante / «Reposo, tranquilidad, quietud, inacción —estos fueron los niveles del universo, la última perfección del* Tao», CHUANG TZU (una cita de una cita de una cita) *El secreto de la felicidad (y por lo tanto del éxito) es estar en armonía con la existencia, estar siempre calmo / ¿Pero el secreto del arte? / Al momento en que un escritor pone su pluma* (¿la máquina de escribir no?) *sobre el papel, ya es de su tiempo / Un hombre que no tiene nada que ver con las mujeres es incompleto / paloma de Londres puede volar / Pascal (o Hemingway o Sartre o Malraux)* (Raymond Chandler (o Nathanael West o Salinger o William Burroghs)) *ORA TE PRO NOBIS* (sigue una lista de cuatro suicidas: no la leo: yo no me voy a ahorcar esta noche: sigo buscando: al comienzo de nuevo) *Mientras más libros leemos, más transparente aparece que la verdadera función del escritor es escribir una obra maestra, y que ninguna otra tarea tiene consecuencia:* (¿A qué seguir leyendo, buscando? La depresión se llama muchas veces reconocimiento.) Después de todo la cita es una que habla de una muchacha que marcha delante de Connolly o de Cyril, en sandalias, con la belleza del pie plano, pleno (llano, lleno sería mejor) sobre la acera, mostrando las piernas su clásica, antigua belleza. Pero pienso que esa cita no me sirve, pues no camino tras esta mujer, no es de día, el sol no da vida a la escena —más bien estoy clavado a esta vida artificial, eléctrica, rodeado de estos inútiles relámpagos *contra* la noche.

Pensé, cuando veo a la muchacha sentarse al fondo con la cara hacia mí, que me casaría con ella.

No tengo que casarme con ella para saber que no es rubia natural. Ni desnudarla. Ni siquiera acercarme. Tiene una cara ancha, de pómulos separados y barbilla cuadrada, partida. Es una cara fuerte, de labios gordos, salientes y

una nariz corta y sin embargo de puente alto.
De perfil debe parecer griega. Desnuda, salien-
do de la cama entre las sábanas marchitas, un
pie en el suelo y otro todavía en la cama, tratando de cubrirse con la sábana blanca que por un
momento se vuelve toga, se parecerá a Corne-
lia, la madre de los Gracos. Romana. Eso es lo
malo porque si me le propongo me tratará como a otro Ptolomeo. El octavo. Mirándome
condescendiente, con esos ojos largos, húmedos,
casi coloidales. Se sonríe al ordenar al camarero
y sacude toda su cabeza, el pelo, la melena actual, para decir que no mientras muestra un
cuello con el cual el viejo conde D. habría hecho milagrosas, ancestrales transfusiones. Allá
en Transilvania. Me casaría con ella. Aunque tuviera rodillas cuadradas. Ella, no yo. *STEKEL:*
«Todos los neuróticos son religiosos de corazón. Su ideal
es el placer sin la culpa. El neurótico es un criminal sin
valor para cometer un crimen». (Pienso en Pavese,
que dijo, poco antes de pegarse un tiro: «Los suicidas son homicidas tímidos».) *Cada neurótico es*
un actor actuando una escena particular (no) (es abajo) (*Abajo*) *Es la enfermedad de una mala conciencia.*
(¡MÁS abajo, coño!)

Un error cometido a menudo —36— *con*
los neuróticos es —36— *suponer.* Por sobre el
borde de la página las luces del ˙Auditorium
(ahora teatro Amadeo Rodán) están todas en-
cendidas. ¿Qué habrá hoy? Un concierto seguro. Dentro de un rato se llenan comedor y te-

rraza de gente del intermedio. Texidor dijo hace mucho tiempo que los burgueses venían a los conciertos del Auditorium para poderse reconocer en los entreactos de El Carmelo. ¿Será aplicable este axioma crítico para los socialistas del Amadeo Roldán? Musicalmente se parecen tanto como Eng y Chan. A los burgueses les molestaba la música cacofónica, a los socialistas les perturba la música dodecafónica. *Pour épater le socialiste.*

No es interesante ser siempre infeliz.

Viene desfilando por entre las mesas, por entre comensales como el Jabalí entronizado en la cena de Trimalción, entre la mirada de hombres y mujeres. Seguida siempre por mi cámara lúcida ahora va ella entre los libros (antes habría ido entre revistas, caminando por donde va ahora:

TIME	*Life*	*Look*		
			Life en Español	
	Newsweek	*See*		
True			*The Atlantic*	
	Post	*Collier's*		
Coronet-Pageant	*US % World Report*		*Fortune*	
Confidential	*Police Gazette,*	*Photoplay*	*Screen Stories*	
True Confessions	*True Detective*	*True Romance*	*U.S. Camera*	
Vogue	*Harper's Bazaar*	*Seventeen*	*Mademoiselle*	*Cosmopolitan*

y que hoy es un desfiladero de libros por entre los que ella cruza:

Fábula del tiburón y las sardinas, Historia del Manifiesto Comunista, Diez días que conmo-

vieron al mundo, Días y noches, Pensamientos del presidente Mao, Los hombres de Panfilov. La carretera de Volokolansk, Un hombre de verdad, Así se forjó el acero, Chapayev, ¿Qué hacer? y *Obras completas* (compendio) de V.I. Lenin, editadas estas tres últimas en la URSS. ¿Otro paralelo divisor? En 1929 decenas de miles de cubanos adornaron la ciudad y colmaron de rosas de papel las calles de La Habana por donde pasaría en un carro abierto un piloto que había realizado una hazaña humana pero que se presentaba como un héroe griego: WELCOME LINDBERGH decían centenares de cartelones, carteles, avisos, y durante tres días la ciudad entera estuvo de fiesta regocijada por el triunfo del alto, reservado, desdeñoso aviador americano. En 1961 centenares de miles de cubanos adornaron la ciudad, colmando de letreros y consignas y banderitas multicolores las avenidas de La Habana por donde pasaría en un carro abierto un piloto que había realizado una hazaña científica, pero que se presentaba como un dios griego: DOBRO POSHALO-BAT GAGARINU decían miles de cartelones, carteles, avisos, telones, pancartas, el saludo escrito a veces en caracteres cirílicos, a veces con letra torpe o recién adquirida donde las N parecían rusificarse veloces —y durante tres días la ciudad estuvo de pachanga jacarandosa por el triunfo del pequeño, extrovertido y desdeñoso cosmonauta soviético) y casi

siento sus tacones clavarse como verdaderos
estiletes en mi carne tumescente, resonando
aun a través de las vidrieras, golpeando rotun-
do el piso de granito, sus piernas casi al alcance de mi mano sabia que ni siquiera intenta
romper la ilusión de intimidad que propor-
ciona el limpio, lúcido cristal, antes de per-
derse piernas y ella en la puerta, en la escalera
que conduce al recinto que sería un envidiable
oficio del siglo: *el tocador de señoras.* (Empleo
que no duraría mucho porque poco tiempo
después, igual que antes muchas *damas* se
convirtieron en *ladies,* las *señoras* pasaron a lla-
marse *compañeras* —*el tocador de compañe...* es
casi tan grotesco como la forma socialista para
sustituir a la fórmula social la señora del señor
tal, llamada ahora ¡la compañera del compañero!) Este eslabón encontrado es alta, de piernas y tobillos largos, de muslos botados que
sirven de modelo (¿o copian?) a los carros de-
portivos, de rodillas tersas como un balón,
de grandes nalgas expansivas que casi esta-
llan dentro de ese vestido que es más bien un
vaciado en algodón de las formas para el sexo,
creadas para gozar hasta en el último detalle
grosero y sensual y cubano de la barriguita
Cranach, exhibida tanto como sus senos altos,
grandes, redondos, brillantes, neumáticos, y
su boca muy pintada, muy húmeda, muy des-
tacada (una boca que todos los cubanos saben
o dicen que saben para qué está hecha, como si

la naturaleza fuera una alcahueta) y sus ojos negros y su pelo negro (tal vez teñido de negro) y su nariz que se dilata y contrae a cada paso de sus pies, de sus piernas, de su cuerpo. Ella no mira a nadie nada porque sabe que todos la miran a ella.

Me casaría ahora mismo sin pensarlo ¡*tres* veces!

/ *envuelto en uno mismo, maligno o ingrato y nunca en contacto con la realidad. Los neuróticos no tienen corazón* /

Las luces que bordean el libro se apagan, encienden, hacen guiños y se convierten finalmente en fanales de lectura. Ya empezó a salir la gente del concierto. Conocido interludio. Desbordan el vestíbulo. Anegan la calle. Inundan El Carmelo / *envuelto en uno mismo, maligno o ingrato y nunca en contacto* / *nunca muy en contacto con la realidad* / La calma provinciana de la noche estalla en el estruendo público y más que estallar, ve devorada su quietud natural el véspero por el paulatino leviatán humano. Parece Shakespeare. Me siento de pronto amoscado porque debo haberlo pensado tan alto que toda mi cara lo declara. Me corrijo. Es William Shakeprick. Es tarde, sin embargo. Ya el hubris está echado, como si fuera un dado. Ahora el castigo de una voz de trueno suena arriba y el rayo invisible de una palmada en la espalda casi me derriba. Pero no son los dioses sino el folklore.

—¡Guillermo Shakespeare!

Ha dicho bien claro Cha-kes-pe-a-re. La voz pertenece a alguien conocido que dice curto, sesudo, intelertual. Todo en broma.

O más bien en idioma vernáculo. No tengo ni que darme vuelta.

—Quiay.

Casi se agacha para enfrentarme. Si fuera una mujer diría, *She stoops to conquer*. Lástima que no sea una canalla.

—¿Cómo *quiay?* ¿Ya no te acuerda tus viejos amigo?

—¿Cómo me voy a olvidar?

—A ver, ¿quién soy yo?

—Ludwig Feuerbach.

La religión no es más que la conciencia de lo infinito de la conciencia pensando Ludwig pensando Feuerbach no es más que lo finito de la conciencia de que la religión no es más que la conciencia de lo infinito de la conciencia pensando yo no soy más que lo infinito de estar pensando que Ludwig Feuerbach no es más que lo finito de la conciencia de que la religión no es más que la conciencia de lo infinito de la conciencia hasta el infinito, etcétera.

—¿Cómo?

—Lou Andreas Feuerbach.

—No tan raro mi viejito.

—Offenbach.

Se ríe. Hace un gesto.

—Bach.

Se ríe más.

—Tú el mimo de siempre.

Se ríe todavía aunque no quiso decirme cómico. Se sonríe ahora.

—Siempre con los mimo chiste, los mimos jueguito epalabra, la mima attitú. ¿Quéspera pa cambiar?

—El fin de la filosofía clásica alemana.

—¿Tú esperajeso?

—Fumando espero.

Ahora se da cuenta. El homo sapiens da paso al homo amarus.

—Látima! Creí quel sosialimo tiba cambiar.

—Ah, pero ¿tú eres socialista?

—Marsita y leninita. De patria o muerte mi hermano.

—Me alegro por ti.

No por el socialismo pensé.

—¿Ytú?

Pensé responderle que durante mucho tiempo Groucho y Harpo y Chico fueron para mí los únicos Marx posibles. Quiero decir, que no sabía que existieran Zeppo y Gummo Marx. Lo pensé nada más.

—¿No me hiciste el diagnóstico ya? Aquí el médico eres tú.

Se ríe. Pero es verdad. Lo conocí en el bachillerato. Lo perdí de vista pero no de nombre. Del instituto pasó a la universidad y de la escuela de medicina salió para el necrocomio como auxiliar del forense y luego después se estableció por su cuenta como (ése era el nombre que él mismo le dio a su profesión un día) abortólogo —y tan contento. Le daba lo mismo que la muerte estuviera al comienzo que al final de la vida. Se ríe todavía. Se reirá por mucho tiempo. Ahora es jefe de un hospital, después será viceministro de salud pública, todavía después embajador. Durará. Los hombres como él duran —aunque duran más por Nietzsche que por Marx. «Sólo dura lo que está empapado en sangre», dijo Friedrich Nietzsche. Federico Nietzsche. Nische. Niche. Ahora él es más que el folklore, es el pueblo.

—Te vamo perdonar la vida compañerito.

¿Qué les dije?

—Por ahora. Nesesitamo los intelertuale de ante. Pero deja que formemo nuetro propio cuadros, custede los intelertuale burguese se van a tener quir a noventa millas.

No tengo por qué hacer mi biografía. Mi autobiografía. Me molesta ese *strip-tease* histórico. Todavía más delante de este notable científico cubano, que es una presencia obscena. Resultaría impúdico. Si fuera otra persona la que enfrento le contaría mi vida en términos clasistas, que están de moda. Soy un burgués que vivió en un pueblo —las estadísticas fueron publicadas por *Carteles,* en

1957— donde solamente el doce por ciento de la población comía carne y este burgués estuvo entre ellos hasta los doce años que emigró con su familia a la capital, subdesarrollado físico y espiritual y social, con los dientes podridos, sin otra ropa que la puesta, con cajas de cartón por maletas, que en La Habana vivió los diez años más importantes en la vida de un hombre, la adolescencia, en una miserable cuartería, compartiendo con padre, madre, hermano, dos tíos, una prima, la abuela (casi parece el camarote de Groucho en *Una noche en la ópera* pero no era broma entonces) y la visita ocasional del campo, todos en un cuarto por toda habitación, donde estaban todas las comodidades imaginadas por la civilización burguesa al alcance de la mano: cocina intercalada, baño intercalado, camas intercaladas, y unas cuantas comodidades inimaginables, que su primer traje (de uso) se lo puso porque se lo regaló un piadoso amigo de la familia, que no podía soñar en tener, a los veinte años, novia porque era muy pobre para este lujo occidental, que los libros en que estudió eran prestados o regalados, que a los primeros conciertos, piezas de teatro, ballets a que asistió, ahí enfrente, lo hizo colado, que convivió durante siete años con un hermano tuberculoso a quien la enfermedad y la miseria destruyeron su talento de pintor, mientras su padre, dedicado por entero al ideal comunista, se dejaba explotar trabajando de periodista no en el *Diario de la Marina,* epítome de la prensa burguesa, sino en el periódico *Hoy,* paradigma del periodismo socialista, que se casó ganando un sueldo miserable y tuvo que compartir un apartamento de dos cuartos con su vieja familia, íntegra, y su nueva familia, que se integraba —que ésta es casi toda la biografía (relatada con tanto asco por esa realidad prescindida por los puntos y comas imprescindibles) de este intelectual burgués, decadente y cosmopolita que tuvo que renunciar a hacer una carrera universitaria porque la única salvación familiar estaba en el trabajo peor pagado y más abrumador para alguien que amaba la lectura: corrector de pruebas de un diario capitalista. Corrompido y explotador, por supuesto.

Si él fuera *otra* persona le habría dicho todo esto —o quizá me habría callado, como tantas veces antes. La corrección de pruebas es un gran entrenamiento para la carrera del anónimo. Si fuera *una* persona tal vez lo habría invitado a sentarse y tomar algo. Creo que éste fue el único destello de clarividencia burguesa que tendría mi huésped no invitado esta noche.

—Donde no me convidan no estoy.

Se iba.

—Abur.

—Hata *lueguito* compañerito.

¿Sería una amenaza? Podría ser, puede

ser —todo es posible al hombre socialista, como dijo Stalin. Podía ser una amenaza y ya iba a sacar mi Connolly (siempre que oigo la palabra pistola echo mano a mi libro) pero no llegué a hacerlo porque mi pasada pesadilla no habló de violencia física, porque no lo pensé realmente entonces y porque a la paranoia crítica opongo siempre la esquizofrenia erótica. Habían entrado maravillas. Todas me rodeaban. Alicio en el jardín (o en el carmelo) de las maravillas.

Hablando de maravillas, había una maravillita rubita (los diminutivos son como los elefantes, contagiosos) de pelo largo peinado en una sola trenza gorda, también en sandalias (que hacían, las sandalias y las piernas, no el libro, la noche palinúrica), con cuello, manos y cara de ballerina, que entró caminando como una ballerina y se sentó como una ballerina. Debía ser una ballerina. Hubiera bailado con ella un pas de deux horizontal y después me habría casado. Había otra maravilla a mi izquierda, mulata, peinada muy severa ella, pero delatada por la salvaje boca que daba a su cara el aspecto de alguna fruta prohibida. Busqué entre las ramas de aquel árbol del saber sexual una serpiente celestina que me presentara: me habría casado con esta Eva actual aun a riesgo de crear el pecado original del comunismo. Había una maravillota con la que me estaría casando allí mismo si no hubiera entrado en ese momento, interrumpiendo la marcha nupcial, la visita que menos deseaba. Aun la última visita era grata por comparación. Vino ondulando. Hacia mí, ya sin duda. Un comisario de las artes y las letras me visita en las ruinas de mi santuario.

Estaba vestido como de costumbre con zapatos (con él había que empezar por los zapatos: se volvía *loco* por los zapatos) mocasines de gamuza verde foncé, de corte italiano. Llevaba un traje sin bajos de seda cruda gris carbón, camisa azul acero y una corbata (Jacques Fath, naturalmente, comprada en su último viaje oficial a París) azul cobalto con tres leves rayas horizontales negras. Traía la chaqueta tirada por sobre los hombros, como una capa, y al atravesar la terraza me recordó a Bette Davis en *Now Voyager*. Dije que venía ondulando y casi puse onculando por un error de la mano que fue sabiduría del ojo. Por fin llegó a la mesa, sonriendo, recién tonsurado, bien afeitado. Se le veía fresco y sentí que olía bien a pesar de que mi olfato ya había capitulado. *L'air du temps* nada menos.

—Buenas noches.

—Quiay.

Ése era mi mejor saludo esa noche. Pero se sentó, a pesar de su buena educación, todavía sonriente, tanteando, diplomático. Saludó con un gesto suave de la mano a algún conocido y se volvió hacia mí de nuevo. Sonreía, sonreía mucho. Sonreía demasiado. No se asombren. ¿No han observado ustedes que en el cine son los villanos los que sonríen primero, los que sonríen último, los que sonríen siempre, aun con la bala justiciera en el vientre? Si no estuviera tan gordo por su afición a la buena mesa, sería un villano bien parecido. A veces era casi bonitillo, que es un excelente eufemismo habanero. Hablaba con una untuosidad tan engañosa como su sonrisa —para quien no lo conociera. Todo este despliegue de paso ondulante, de mano lánguida y de sonrisas era el mejor de los camuflajes. No había nada blando en este joven comisario. Una vez un mal dramaturgo español hizo decir a su héroe en la escena que su heroína era de seda por fuera y por dentro de hierro, y Valle Inclán, desde el público, gritó: «Eso no es una mujer, es un paraguas». Pero la frase tenía sentido aquí.

Sólo que esto no era una mujer, era un paraguas. Al menos, tenía tanto entendimiento como un paraguas para las cosas del espíritu y sabía cómo estar cerrado, duro, en buen tiempo y abrirse al mal tiempo histórico como una flor de seda protectora. Era el paraguas de sí mismo. Me acordé de Mark Twain, que dice que un banquero es alguien que presta un paraguas cuando hay sol y lo reclama enseguida que hay mal tiempo. Pensé que nada se parece tanto a un banquero como un comisario. Ahora habla el paraguas en un día de buen tiempo político.

Antes de que comenzara su inevitable discurso (palabra simple que en él se complicaba en un portmanteau hecho de disco y de curso) conseguí cazar un camarero. Lo solté con la promesa formal de que me trajera café. Y un cenicero por favor. Él no tomaba nada. Sí, perdón, un momento. Agua mineral natural. Bien fría. Sin hielo. En público su virtuosidad se hacía virtuosismo. Nada de alcohol ni de sexo. Agua mineral y buenas maneras. Todo el mundo decía que en privado era otra cosa. Pero creo que cometo demasiadas insinuaciones. Seamos rectos. Mi huésped no bebía ni poco ni mucho, tampoco mantenía queridas, como tantos ministros y comandantes. Su único vicio privado habría sido una suerte de bendición de la naturaleza para André Gide o un provindencial carnet de baile para Marcel Proust o la señal de un espíritu superior —el dandy del amor— para Oscar Fingal O'Flahertie Wills Wilde. A mi convidado le gustaban (y le gustan todavía) los muchachos. Éste es un secreto habanero a voces, tanto que su vicio privado casi devenía virtud pública en ciertos círculos no tan herméticos. Néstor Almendros, conocedor, lo apodó la Dalia. El nombrete se le hizo membrete de brete.

—Te estaba buscando.

Hablaba con todas las eses y a veces había una ese de más.

—¿A mí?

—Sí, a ti, *sinvergüenza*. Te he mandado recados con todo, todo, todo el mundo.

—No los recibí.

—Sí los has recibido,

Le encantaban los tiempos compuestos.

—pero, *como siempre,*

Y las comas.

—prefieres eludirme, evasivo que eres, porque

Se detuvo y dejó la palabra en el aire. Aproveché el bache para mirar a una mujer ya madura (una mujer madura para mí es casi una adolescente para Balzac: aquélla era una *femme de treinte ans*) que era una habituee. Venía todas las noches al Carmelo acompañada por su marido, un médico o un barbero de aspecto científico. Se sentaban solos, pero al rato había un grupo de hombres que venían y la rodeaban a ella y hablaban con ella y reían con ella, y, a veces, conversaban con él. Me gustaba su risa, su cara bella, descubridora, sus piernas bien formadas, un poco gordas, pero más que nada me gustaba su generosidad total: con su risa, con su encanto, con su cuerpo, que exhibía a todo el universo. En ocasiones sentía un poco de pena por el marido, pero solamente en ocasiones. Llegué a pensar que a Maupassant le hubiera gustado la pareja, aunque quizás ella le hubiera gustado más que él. También pensé ese día o tal vez otro que a Chejov no le gustarían ninguno de los dos y que a Hemingway (el joven H) le hubiera gustado él como héroe autobiográfico.

—¿Por qué?

—Porque

Hizo una nueva pausa —¿o era la antigua renovada?

—me temes.

—¿A ti?

Casi me eché a reír. Me lo impidió la entrada de dos mellizas a cual más hermosa. No me reí porque empecé a calcular allí mismo cómo casarme con las dos. Lamenté que no fueran siamesas. Enga y Chana, inseparables con su eslabón cartilaginoso, y unidas a mí por el tejido espiritual del sagrado sacramento —y algo extra. ¿Puede uno casarse por la Iglesia con las hermanas siamesas?

—No, no a mí. A lo que yo represento.

Tal vez haya una despensa, dispensa. ¿Los siameses tendrán almas gemelas?

—¿Qué representas tú?

—Mi inmodestia me impide decirlo.

Se sonrió.

—Ese bocadillo es mío.

—Sabía que ibas a decir eso. Bueno, no debo ser *yo* quien lo diga.

—Yo *no* lo voy a decir.

—Pon mis ideas, por lo que yo lucho.

—¿Por qué *tú* luchas?

—Porque hombres como tú estén a mi lado.

Pienso que mis amigos quizá tenían razón, que con un poco de esfuerzo (y emolientes diría Sergio Rigol, terminando el pensamiento casi en francés, «*A quoi bon la force si la vaseline suffit?*») me habría evitado más de un disgusto futuro. Pero mi antagonista se corregía. La autocrítica alcanza también a la gramática.

—Quiero decir, de nuestra parte. Necesitamos tu inteligencia.

Lo miré de frente. Yo tengo esta costumbre de mirar a los lados de la gente que habla conmigo, hábito justificado ahora por el ambiente. Pero me las arreglé para mirarlo cara a cara.

—Pero no me necesitan a mí íntegro. Solamente mi inteligencia. El doctor Frankenstein era más materialista: él no quería más que el cerebro.

Se sonrió pero bajó la mirada. Volvió a sonreír. He aquí a un paraguas que sabe sonreír. Aunque sonríe fríamente. ¿Sería éste uno de los espíritus fríos de que habló Maquiavelo que iban a dominar el mundo? Stalin debió ser también un espíritu frío antes de ser una momia helada. Conquistar al mundo. Lo más que llega a conquistar el hombre son dos varas de tierra. Dominar la tierra. Prefiero conquistar dos varas de hembra. Después, que me incineren y que rieguen mis cenizas alrededor de un ombligo.

—Yo sé y tú también lo sabes que no estamos de acuerdo en muchas cosas.

Y que lo diga.

—Lo que no sabes es que podemos estarlo en otras.

—¿Como qué?

—Tú no representas la única política cultural en la Revolución.

Miré a ver si había entrado alguna otra ambrosía. Nadie al bate pero las bases siguen llenas.

—Yo no represento *ninguna* política. Mucho menos ese monstruo mitólogico de que tú hablas.

Tejió una mano con otra y colocó la trama digital sobre la mesa. Miraba sus manos mientras las tejía y destejía. Una araña de falanges. O Penélope *by night*.

—El magazine *parece* cogerse la cultura revolucionaria para él *solito*.

Antes de preguntarme por qué ciertos diminutivos suenan tan amenazadores, hay que decir que se refería a un suplemento literario que editábamos varios amigos y que entonces no era más que un semanario torpe, hecho entre el ocio y el sueño, de madrugada, rápida, chabacanamente y con técnica de aficionados (a pesar de la ayuda tipográfica de un taller con oficio y de la maquinaria distribuidora del diario oficial que lo envolvía cada lunes y lo introducía casi de contrabando en palacios y cabañas y en La Cabaña y en Palacio), medley, quincalla o potpourri al que el tiempo convertiría en pieza de convicción histórica.

—El magasín se coge *toda* la cultura para él solo porque la cultura es un *todo* para él.

No tenía ganas de hablar, palabra. No tenía ganas de hablar palabra. Tenía ganas de fumarme el cabo de mi tabaco degradado en paz, de mirar a las muchachas, a las jóvenes, a las maduras: a las mujeres, y de seguir leyendo una y otra vez las seis frases de Connolly como una antología hasta que me supiera cada letra de memoria. Cada trazo. Sanserif o conserif. Para colmo el tabaco se apagaba seguido. Volví a encenderlo y por poco me quemo un dedo viendo a la mujer que acaba de entrar. Con ésta si que tenía que casarme —y renuncio a describirla. No seré yo un rey Candol gandul para el G-2. Solamente diré, como norte sensual, que si en el cuerpo de Kim Novak se injertara la cabeza de Tatiana Samoilova no conseguiría Goldwyn Lisenko este monstruo delicado. Miré todo su cuerpo en cada uno de sus movimientos y lamenté no tener la escopeta de Marey para disparar y fijarla en un recuerdo fotográfico. Desapareció en la nada del gentío. Harén para siempre perdido. (Para completar el símil más tarde vi que venía con un mulato fofo que parecía un eunuco en celo perpetuo.)

—¿Tú sabes que una vez (   ) me criticó que yo escribiera que las mulatas me gustan más que el mantecado?

En el paréntesis inserté el nombre de una ideóloga del partido. El «partido» era lo que ya comenzaba a convertirse en el Partido.

Pareció sorprendido o molesto.

—¿Por qué? ¿Qué dijo? Cuenta.

Le interesaba conocer la opinión de esta mujer que hablaba tan mal de él como de mí —aunque por razones que podrían vivir en las antípodas. Si las razones vivieran. Curiosamente, esta señora o señorita era una lesbiana conocida en todo el continente político y uno de los cuentos del Partido, casi una leyenda, tenía como tema su (de ella) relación geométrica con un piano, una depravada belleza mexicana y la música de Ravel. No voy a contar la anécdota entera, no por exceso de pudor sino por falta de espacio. Pero añado al tema el asunto y digo para solaz y esparcimiento de los conocedores que mientras nuestra Ana Pauker tocaba (no debe jamás traducirse por *joué* ni por *played*) pasionariamente, la beldad india, sentada desnuda sobre el Steinway o el Pleyel, sostenía la partitura entre las piernas. Eran las partes de piano del Concierto para la Mano Izquierda.

—Dijo que era colocar a la mujer en posición de objeto.

—¿Dijo así, objeto?

—No, dijo como una fruta o un dulce. Ella sabe hacerse oír por la masa.

—¿Y tú qué dijiste?

—Que era mejor colocar a la mujer como vianda que como atril.

Se rió por primera vez en la noche. Su risa era ruidosa, como oxidada, y tenía algo, un sonido alterno, una mueca ratonil. Pero no en el sentido que lo entendería Walt Disney.

—Volviendo al tema. ¿Para quién haces tú el magazine?

—Para mí.

—No, en serio. Sin butade.

—En serio, para mí.

—Tú ves, es en eso en lo que no estoy de acuerdo con ustedes.

—No digas con ustedes, di conmigo. Yo no soy un colectivo.

—Sí, en ti, en ustedes, porque ustedes son una clique.

—Clique y claque.

—Ríete y haz juegos de palabras. Segundo que me decía eso mismo esta noche. Esperaría al tercer hombre, ya que todo pasa en tres.

—Te advierto que te hablo muy en serio.

—Ya lo sé. Tu tema tiene la seriedad de un mausoleo en la Plaza Rosada, ya que en

Cuba no puede haber Plaza Roja. Todo es más suave en los trópicos, como se sabe. ¿Sabías que todas las cenizas son grises? No hay cenizas rojas. Humanas quiero decir. Ni siquiera color de rosa. ¿De qué color serían las cenizas de Rosa Luxemburgo? Sé que las de Marx son prietas. Las de Groucho, quiero decir. De su tabaco, puro de marca o cigarro.

Estaba pálido y comprendí que se contenía. Yo también me contuve. Freno de mano. Mi mano. Las suyas enrollaban una y otra vez la corbata. Levantó una mano. Vino un camarero. Pidió otra agua mineral. Aproveché para pedir otro café y otro tabaco. Y, por favor, otro cenicero. Me miró. ¿Cómo jurarle que no fue a propósito? De veras que estaba rebosado. *Honest.*

Mientras se fue el camarero, regresó, tomé un buche de café y encendí el tabaco, no dijo una palabra. Me alegré, porque entraron seis o siete mujeres, unas en grupo, otras solas y decidí hacer uno de esos matrimonios colectivos que estaban de moda. El único problema a resolver era convencer al ministro de Justicia de mi esencia colectiva. Siete Hembras, ¿aceptan ustedes por esposo al compañero Clique? Sisisisisisí. Ah, gran religión la mahometana. Debí nacer en Arabia Felix o en Arabia Petrea —aun en Arabia Deserta. ¿Pero no llegaría hasta allá este Lawrence de Arabia Socialista? Lawrence da Rabia. También fascinación. Porque además de la histo-

ria de la pederastía convivían en mi interlocu-
tor otras historias: (se decía que) era o había
sido un estudiante brillante y valiente y dedicado, un comunista esforzado, tísico a fuerza
de luchar por la Causa del Proletariado, un
prisionero perpetuo de la Tiranía, un cobarde
irredimible, un santo de la Revolución, un
tránsfuga que usaba las organizaciones revolucionarias como vasos comunicantes, un exila-
do laborioso y tenaz, concentrado solamente
en trabajar en el exilio para que la Insurreción
triunfara, un fugitivo y por tanto virtualmente
expulsado del Partido, un miembro del go-
bierno en el exilio, un redactor de la Ley de
Reforma Agraria, un consejero del presidente,
del primer ministro y de no sé cuántos comandantes y líderes políticos, un agente del G-2 y
confidente del ministro del Interior, un ejecu-
tivo cultural, íntimo del jefe del ejército, de la
policía y de la Marina, favorito de las Mujeres
de la Revolución, un alcahuete del viceprimer
ministro y ministro de las Fuerzas Armadas
Revolucionarias, un posible legislador de la
Nueva Constitución y quizás el primer ministro de Cultura Revolucionaria de Cuba. Tantas
historias, todas tal vez verdaderas.

Pensé en Calígula. ¿No fue él quien
dijo querer que todas las cabezas de Roma
fueran una sola, etcétera? Como un calígula
del sexo, pensé que me gustaría que todas las
mujeres de El Carmelo (que era entonces co-

mo decir Roma o el mundo) tuvieran una sola, acogedora, tibia vagina donde acomodarme a pasar mejor noche, etcétera. La realidad totalitaria me sacó del sueño totalitario.

—Ustedes defienden el arte abstracto a ultranza.

Pronunciaba akstrakto. Pero yo estaba abstraído.

—Yo, personalmente, no estoy contra el arte abstracto. No me molesta en absoluto. Pero tienen ustedes que reconocer que la pintura abstraccionista tuvo su florecimiento en Cuba en los momentos de la mayor penetración de las fuerzas imperialistas, florecer que no por gusto coincidió con los años peores de la tiranía batistiana. La pintura abstracta, esa literatura que ustedes divulgan, la biknik (sic), la poesía hermética, el formalismo, el jazz, todo eso, junto con la prostitución de la música popular y del fokl (sic) y del lenguaje hay que atribuirlo a la nefanda influencia del imperialismo.

—¿También las prácticas maltusianas?

—¿Cómo?

—Sí. En tiempos de la penetración imperialista más violenta se introdujeron los condones y al final, los diafragmas. O si lo quieres más eufemísticamente, los preservativos y pesarios. Todo lo malo nos viene del «Norte revuelto y brutal que nos desprecia». Hasta el frío.

Su eterna sonrisa no tenía nada que ver con el sentido del humor. Ahora menos que nunca.

—No se puede hablar contigo.

Sentí un escalofrío. Pero no en la espalda sino en el epidídimo. Dios mío, qué mujer acaba de entrar ahora. Sentí también sudores fríos y quizá vértigo. Una vez me sentí así de niño cuando entré de pronto y sin aviso en una juguetería la Semana de Reyes. ¡Dios mío! El verdadero suplicio de Tántalo es que lo condenaran a ser eunuco en un harén.

—Lo digo en serio. Pero es cierto que no se puede hablar conmigo. Te lo voy a demostrar. Después, considérame un axioma. ¿Tú sabes cuándo tuvo su apogeo el danzón?

No contestó hasta cerciorarse de que yo no bromeaba. Carraspeó antes.

—Sí, claro. Fin de siglo, principio de este siglo, casi hasta los años veinte.

Me miró interesado. Todavía hoy pienso que de veras quería llegar a un acuerdo —por lo menos, momentáneo.

—Exacto.

Pronunció todas las kas de exacto —aun en la equis.

—¿Y el son?

—Coincide con las luchas republicanas y su apogeo lo tiene en el tiempo que se derroca a Machado.

—Bien. Ahora le toca al mambo.

Parecía un concurso de baile. Lástima que no fuera un *beauty contest*.

—Música muy penetrada por la influencia yanqui, dicho sea de paso.

De baile habría añadido en otra ocasión.

—¿Por el jazz? De acuerdo.

—Es lo mismo. Tú lo dices de una manera. Yo de otra.

—¿Bien?

—El mambo corresponde exactamente con el tiempo de relajo, robo y peculado de Grau y Prío.

Todo iba muy bien. Él mismo no lo sabía. Ni siquiera lo sospechaba.

—Llegamos al chachachá.

Cuando llegamos al chachachá miré hacia la mulata grande que entró hace rato y que ahora se levantaba para irse. Quedó una fracción de segundo (ése es el tiempo que dura la felicidad, diga lo que diga el Tao) entre parada y sentada, casi de espaldas a mí, y no pensé en Ingres porque esta odalisca estaba viva y su carne no tenía nada de mármol y sí mucho de algo necesariamente comestible. Ambrosía. Hembrosía. ¿Por qué no bebestible? Néctar. Licor no espirituoso sino corpóreo. Qué púberes canéforas me ofrendan el encanto *pero* sobre mi tumba —pensé que no hay mayor placer que la sabiduría de la existencia de las mujeres— que no se derrame el llanto sino la sonrisa de sus grandes labios

—que al dejarlas detrás al morir ese saber no permitirá que haya sosiego en mi tumba— Flor de Lotos, Honey. Panida, Pan yo mismo, osobuco, chivo expiatorio por el conocimiento carnal. Sé que solamente aquí, en su existencia considerada como parangón, la belleza, el placer estético, la obra de arte de la naturaleza —si se me permite hablar así y no creo que nadie pueda ahora impedírmelo porque el que no habló ahorita que se calle ya para siempre hasta que la muerte nos separe—, su goce se convierte en algo real, verdadero, que se puede conocer con todos los sentidos, no sólo con la mente, y que a la vez se puede tomar, hacer de uno, conseguir la posesión que es la aprehensión total, y el placer estético convertirse en un placer sensual, material, de la naturaleza, y, por su constancia, también de la historia —en un regocijo de la carne y del espíritu porque colma y origina todas estas necesidades. Me pregunté si alguien últimamente habría pensado en todo esto. Me respondí que tal vez el Arcipreste de Hita.

—¿Qué hay con el chachachá?

Salté del siglo XIV y de entre las dueñas a la mesa. Miré a mi entrevistado. Estaba tenso al hacer la pregunta. O quizás indigesto con tanta agua mineral.

—«Que es un baile sinigual.»

Se lo dije cantando el famoso chachachá que dice así. Estuve tentado de cantarle un cha-

cha medley, pero no lo hice por mirar a la mesa feliza. *Mon contrebasse d'Ingres* se había ido ya.

—En *serio.*

—En serio, que es tremendamente popular en todas partes.

—De acuerdo.

No lo estaríamos por mucho tiempo más.

—Pues bien, este baile popular, hecho por el pueblo, para el pueblo, del pueblo, esta suerte de Lincoln de la danza que suelta a los negros mientras mueve a los blancos, tuvo su nacimiento alrededor de 1952, año fatal en que Batista dio uno de sus tres golpes. El último, para ser exactos.

—¿Y qué?

Cada vez más paraguas. No entendía nada de nada.

—Que este baile nacional, negro, popular, etcétera, no solamente tuvo la desgracia de coincidir en su nacimiento con la dictadura de Batista, época de la mayor penetración, etcétera, sino que tuvo su apogeo brillante en los tiempos en que Batista también tenía si no su apogeo tampoco su perigeo y brillaba todavía con el fulgor de tres estrellas de primera magnitud.

Ahora vio. Por fin vio. Vio-vio. Se quedó callado. Pero yo no.

—Tú debes preguntarme ahora qué quiero yo decir, para poder responderte que el chachachá, como el arte abstracto, como la «literatura que nosotros hacemos», como la poesía hermética, como el jazz, que todo arte es culpable. ¿Por qué? Porque Cuba es socialista, ha sido declarada socialista por decreto, y en el socialismo el hombre es siempre culpable. Teoría del eterno retorno de la culpa —empezamos con el pecado original y terminamos en el pecado total.

Me detuve no por prudencia sino por eufonía. Mi última frase sonó derminamos en el becado dodal. El catarro acababa de tomar poder sobre mi aparato respiratorio. Aparat. Miré a Connolly, a la portada a la que mi servilleta tapaba las letras *Un* y *G*. quiet rave. Sabio libro aun en caso de accidente. Miré al camarero, miré al comisario. Ninguno me miraba. El camarero esperaba una propina próximo, alerta, casi en puntas de pie: bailando al son de monedas de plata.

El comisario, el paraguas, Lorenzo de Cuba pareció derrumbarse. Pero no fue así. No lo supe esa noche sino seis meses después, cuando sus maquinaciones políticas, su habilidad de asamblea, su capacidad florentina para la intriga y el caldo de cultivo del régimen multiplicaron sus facsímiles por mitosis leninista, y acabaron con el magasín o magazine y con otras muchas cosas, entre ellas con la esperanza, en un paso de lo concreto a lo abstracto que quizás no habría alegrado a Marx pero haría feliz a Hegel. En cuanto a esa noche, ahora mismo en la página, yo también parecí derrumbado y como demolido actué. No por el catarro ni por la cotorra, fue por el cotarro que se alborotó al entrar la mujer más bella más encantadora más y más misteriosa, y todos la miraron, pero no miró a nadie más que a mí y esbozó su sonrisa encantada, encantándome. Debí haberle pedido que se casara conmigo. Pero me quedé sentado queriendo que no fuera verdad, que no fuera Ella, que fuera un espejismo del harén. Yo no quería que ocurriera —porque ella era el amor. ¿Tengo que decir que lo avasalló todo?

Epílogo

Las tres historias que acaban de leer se funden o parece que se funden por compartir el mismo espacio al mismo tiempo: un restaurante habanero a fines de los años cincuenta —cuyo nombre varía según se repiten las anécdotas. Se trata, a lo que parece, de una situación (o posición) en unos límites que son como un obligado en que el narrador de la última parte lleva la voz cantante, en una armonía siempre a dos voces, con la protagonista, con los diversos visitantes de la noche. Al mismo tiempo la narración parece cambiar de voz y el tercer cuento está escrito en una insólita primera persona para acentuar su predominio: el del hombre, de su voz. La heroína, porque es una heroína, casi una droga, apenas cambia porque ella, para Paris, es una misma Helena. Pero el narrador último es más Fausto que Paris, no sólo por su ansia de saber que es saciada apenas por el tomito que tiene siempre entre manos. (El cual, si no es el libro de su vida, que lee como Hamlet según Mallarmé, es, al ser un libro, *fons et origo* de una precaria teoría del conocimiento.) Sino porque puede venir de ese área de la cultura que tanto interesa al personaje y que le permite un juego de analogías peligroso —y por lo mismo excitante. (Leer de nuevo las últimas páginas.)

Hubiera sido fácil, de veras, trasladar la narración final de la primera persona a la tercera (ambas, por cierto, personas del singular) y el tomo todo habría tenido más coherencia narrativa. Pero quería que ustedes lo leyeran como una modulación. Es decir, como «digresiones del tono principal» según una teoría musical. La música cubana está llena de modulaciones que quieren ser contradicciones o contrastes de la clave, visible o invisible, que indica el ritmo. El paso (y el peso) del ritual de la santería en la primera historia, que arrastra consigo a la narración y a los protagonistas, suena o debe sonar en la segunda historia como un bolero, una canción con un ritmo apenas perceptible por la carga literaria de su letra. A la tercera historia la culmina «ese ritmo sin gual». Es decir el chachachá.

GCI

Este libro
se terminó de imprimir
en los Talleres Gráficos
de Palgraphic, S. A.
Humanes (Madrid)
en el mes de abril de 1995